現代漢語 下

簡明教程

主編 / **黃伯榮 李煒**

責任編輯　　　馬馳佳　趙江
美術設計　　　陳嬋君

書　　名　　**現代漢語簡明教程（下）（全二冊）**
主　　編　　黃伯榮　李煒
出　　版　　三聯書店（香港）有限公司
　　　　　　香港北角英皇道 499 號北角工業大廈 20 樓
　　　　　　Joint Publishing (H.K.) Co., Ltd.
　　　　　　20/F., North Point Industrial Building,
　　　　　　499 King's Road, North Point, Hong Kong
香港發行　　香港聯合書刊物流有限公司
　　　　　　香港新界大埔汀麗路 36 號 3 字樓
印　　刷　　陽光印刷製本廠
　　　　　　香港柴灣安業街 3 號 6 字樓
版　　次　　2014 年 1 月香港第一版第一次印刷
規　　格　　特 16 開（152×228 mm）下冊 308 面
國際書號　　ISBN 978-962-04-3330-6（套裝）
　　　　　　© 2014 Joint Publishing (H.K.) Co., Ltd.
　　　　　　Published & Printed in Hong Kong

目　錄

第五章　語法

第六章　修辭

第五章 語法

第一節　語法概説

一、 什麼是語法

語法是語言中詞、短語和句子的結構規律。語素組成詞，詞組成短語，短語或詞構成句子，都是有組合規律的。

"語法" 這一術語有兩個意思，一是指客觀存在的語法規律，二是指對客觀存在的語法規律進行描寫、解釋的科學，即語法學。先看下面的例子：

學點兒語法，就可以少犯語法錯誤。

這句話裡的前一個 "語法" 指的是語法學，後一個 "語法" 指的是客觀的語法規律。

我們大多數人沒有學過語法知識，但也會造出合乎語法規律的句子，還會糾正別人的語法錯誤。為什麼？這是因為我們在學習使用本族語的過程中，已經不知不覺地掌握了組詞造句的規則。試寫出 "不、王家明、水、喝" 四個詞，排成下面的序列：

01　＊不水王家明喝。

02　＊王家明喝不水。

03　＊王家明不水喝。

04　＊水不喝王家明。

拿去問幾個小學生，成不成句？他們肯定會說都不成句。你叫他們用上面四個詞造句，他們會造出下面例 05 的句子。為什麼？因為他們從小學話，腦子裡養成了 05a 的語義框架。他們會不約而同地造出完全相同的、合乎語法規律的句子，而不會造出例 01—04 的句子。

05	王家明	不	喝	水。	
a.	施動者	否定	動作	受動者	（語義框架）
b.	名詞	副詞	動詞	名詞	（詞類系列）
c.	主語	狀語	核心動詞	賓語	（句型框架）

雖然他們不懂哪個是名詞、主語，副詞、狀語，不知名詞常做主語和賓語、副詞常做狀語等語法規律，但他們會遵守這些規律，造出合乎語法規律的句子。例 04 和例 05b、c 的詞類系列和句型框架都相同，但兩者語義框架不同，例 04 的 "水" 不能充當施動者這種語義角色，"王家明" 不是受動者這種語義角色，所以小學生不會造出例 04 這樣不合語義要求的句子。

二、 語法的性質

語法具有抽象性、穩固性和民族性的特點。

（一）抽象性

語法不研究某個詞語或句子的具體含義，而是研究從無數的詞語和句子中抽象出來的結構規律。例如漢語裡有詞的重疊現象，如 "聽聽、想想、參觀參觀、研究研究"，由此可得出這樣一條詞形變化規律：有些動詞可以用重疊來表示動作行為的短時或少量。又如漢語中有「色彩鮮艷。／陽光明媚。／目標遠大。／態度友好。」這樣一些句子，它們意思各異，但結構都是「主語＋謂語」，謂語都由形容詞充當。

　　一種語言裡面，詞語數量龐大，句子難以計數，但可以概括出來的格式和結構規律卻是有限的。正因為有了語法，人們才可以根據有限的格式和結構規律進行類推，從而有效地學習和使用語言。兒童學習語言就是這樣的。當他學會了「我吃糖。」（主動賓）之後，慢慢地也會說「我吃梨。」「我吃蘋果。」或者「你吃糖。」「媽媽吃糖。」這樣一些句子。外國人學習漢語亦同此理。當他懂得「主語＋是＋賓語」這一格式，就可以造出「我是學生。」「你是老師。」「他是山東人。」這樣的具體句子。

（二）穩固性

　　任何事物都在不斷發展變化，語法也不例外。但是和語音、詞彙的變化相比較，語法要緩慢得多。好多語法規則千百年都沒改變。如漢語的主語在謂語之前、修飾語在中心語之前的結構規律，從三千多年前的甲骨文（如「王出。」「王今夕寧。」）到今天的現代漢語，就一直沒變。一些規則的衰亡也經歷了一個漫長的過程，如古漢語的判斷句最初是不用判斷詞的（如「伍子胥者，楚人也。」），後來慢慢演變成為用判斷詞（如「妾是公孫鍾鼎女。」），但到了現代漢語還有不用判斷詞的情況存在（如「阿豪，廣州人。」）。新的語法規則也是逐漸產生出來的，如「作為中文系的學生，我一定要學好現代漢語。」「出國留學不能也不應該成為唯一的選擇。」這裡「作為……」「不能也不應該……」的說法，在「五四」後才慢慢在書面語中運用開來。

（三）民族性

每種語言都有自己的語法系統，彼此有同有異，"異"往往就體現出民族性。如漢語的"兩個蘋果"，英語說"two apples"。兩者有相同之處，數詞都在名詞前。不同之處是漢語的數詞、名詞中間要加量詞，英語則不需要；英語名詞複數大多加"s"，即有單複數的形態變化，而漢語則沒有。就語序來看，不同民族語言表達同一意思，詞的順序可以有所不同。如漢語說"兩本書"，傣語說"書兩本"；漢語說"我寫信"，日語說"我信寫"。這些都是語法民族性的體現。從中外語言對比中，可以進一步認清漢語的語法事實，找出漢語語法的特點。

三、 語法單位、詞類和句法成分

（一）語法單位

語法單位是有語法意義的、受語法規律支配的音義結合體。語法單位主要有四種：語素、詞、短語、句子。

語素是語言中最小的音義結合體，有的可以單獨成詞，有的要和別的語素組合才能成詞。

詞由語素構成，是語言中能夠獨立運用的最小的音義結合體。

詞和詞按語法規則組合成短語。簡單短語可以組成複雜短語。

短語或詞加句調可形成單句。複句由失去完整句調的一些單句組成，複句內的單句叫做分句。如"你去。"是單句；"我就去。"也是單句；如果說成"你去，我就去。"這就是複句了。單句和複句都是句子。句子是具有一個句調、能夠表達一個相對完整意思的語言單位，是最大的語法單位。

語素、詞、短語是語言的備用單位，為靜態單位。單句和複句都是語言的運用單位，為動態單位。

（二）詞類

詞類是詞的語法分類，分清詞類是學好漢語語法的關鍵。現代漢語的詞可以分成十四個類。

這裡把詞類劃分的結果及例詞列舉如下：

	詞類	例詞
實詞	名詞	學生、網絡、北京、春天
	動詞	抬、來、學習、休息
	形容詞	高、快、漂亮、綠油油
	區別詞	男、女、慢性、急性
	數詞	一、十、百、第二
	量詞	個、條、次、趟
	代詞	你、誰、這、那
	副詞	不、就、已經、非常
	擬聲詞	啪、嘀嗒、嘩啦啦、叮叮咚咚
	嘆詞	唉、哦、哎呀、唉喲
虛詞	介詞	把、在、自從、對於
	連詞	和、或、因為、如果
	助詞	的、着、所、似的
	語氣詞	嗎、呢、嘛、吧

（三）句法成分

句法成分是句法結構的直接組成成分。它是按照句法結構內部組成單位之間的語法結構關係確定的。下面對主語、謂語、動語、賓語、定語、狀語、補語、中心語等八種句法成分作簡要的說明。

1. **主語和謂語** 主語是謂語陳述的對象，在謂語前邊，回答"誰""什麼"等問題。謂語是對主語加以陳述的，在主語後邊，表示主語"做什麼""是什麼""怎麼樣"。主語、謂語之間為主謂關係。例如：

01 大學生‖在打排球。

02 鯨魚‖是魚嗎？

03 孩子們的生活‖多幸福！

2. **動語和賓語** 動語是支配、關涉後面賓語的成分。賓語是被動語支配、關涉的對象，在動語後回答"誰""什麼"之類的問題。動語和賓語之間為動賓關係，如"看|書""抱着|一個小孩"。

3. **定語和中心語** 定語是名詞性短語裡中心語前面的修飾、限制成分。定語和中心語之間為定中關係，如"（遼闊）的草原""（語法）作業"。"遼闊""語法"是定語，"草原""作業"是中心語。

4. **狀語和中心語** 狀語是動詞、形容詞性短語裡中心語前面的修飾、限制成分。狀語和中心語之間為狀中關係，如"〔慢慢〕地走""〔非常〕漂亮"。"慢慢""非常"是狀語，"走""漂亮"是中心語。

5. **中心語和補語** 補語是動詞、形容詞性短語裡中心語後面的補充成分。補語和中心語之間為中補關係，如"高興得〈手舞足蹈〉""打掃〈乾淨〉"。"手舞足蹈""乾淨"是補語，"高興""打掃"是中心語。

中心語是被修飾、限制、補充的成分，它和定語、狀語、補語分別發生定中關係、狀中關係和中補關係，所以中心語可分成定語中心語、狀語中心語和補語中心語。

下面通過對一個句子的分析，說明上面八種句法成分是成雙配對、共存共現的，而且各自的位置是前後固定的。

04 新　同　學　都　辦　完　了　入　學　手　續。

第一層　主謂關係
第二層　定中、狀中
第三層　動賓關係
第四層　中補、定中

複習與練習（一）

一、 複習題

1. 什麼是語法？
2. 簡述語法的性質。
3. 談談四級語法單位之間的關係。

二、 練習題

分析下列句子的句法成分。

1. 牙齒常咬破舌頭。
2. 他們都是好朋友。
3. 李建平昨天借走了閱覽室的雜誌。

課程延伸內容

語法學與語法體系

（一） 語法學

　　傳統語法學把語法分成詞法和句法兩個部分：詞法研究詞的分類、詞的構成和詞形變化；句法研究短語、句子的結構規律和類型。新興的語法學說認為，語法不光要研究詞法和句法這些表層結構形式，還要揭示它們深層的語義關係、語義特徵、語義指向等，同時還要探究使用語句的語言環境和說話者的主觀意圖跟語法的關係等等，也就是說，要從句法、語義和語用三個方面尋找和說明語法規律，由此拓寬語法研究的領域，使語法研究更加深入、全面，對語法事實的解釋力更強，對指導語言的運用更有幫助。

　　由於研究的對象、方法和目的不同，語法學可以有不同的分類。

　　從研究對象看，有歷時語法和共時語法等。歷時語法是用歷史的觀點對語法的不同時期發展演變進行動態考察，由此寫成語法史；共時語法是對相對靜止的某一時期的語法作斷代的靜態考察。現代漢語語法屬於共時語法。

　　從研究方法看，有比較語法和描寫語法等。比較語法主要揭示不同語言或方言的語法異同，如英漢比較語法；描寫語法主要揭示一種語言在某一時期的語法面貌，如漢語語法，英語語法。本書所說的語法屬於描寫語法。

　　從研究目的看，有理論語法和教學語法等。理論語法又稱專家語法，其研究目的在於系統地描寫語法事實，詳盡地闡明語法規律，建立科學的語法體系；教學語法又稱學校語法，根據教學的目的、要求，講解主要的語法規律和規範語法的運用。教學語法注重語法教與學的認知規律。本書所說的語法屬於教學語法。

（二）語法體系

語法是由各種結構規律交織而成的系統，而對語法系統本身進行研究的語法學也有它自身的系統，它是研究和解釋語法事實時，由所使用的分析方法、分類術語等組成的表述系統。本書把語法事實的系統叫語法系統，把語法學的系統叫語法體系。

一種語言客觀存在的語法系統只有一個，而對語法系統本身進行研究的語法體系可以不止一個。語法體系之所以產生分歧，是由語法學者佔有的語言材料、觀察問題的角度、分析問題的方法不同造成的。如“坐在地上”，有的書認為是中補結構，有的書則認為是動賓結構；“去三趟”中的“三趟”，有的書把它視為補語，有的書則視為準賓語。可見，語法分析是帶有一定的主觀性的。在科學研究中，對同一客觀對象，不同的學派持有不同的看法和觀點，是在所難免的。語法學說的分歧只有通過對語法事實本身的深入研究，才能逐漸得以縮小或消除。不過，舊的分歧消除了，隨着認識的提高和新問題的發現，又會產生新的分歧。

1949 年以後，語法學習受到廣泛重視。當時的教學語法體系分歧很大，人民教育出版社 1956 年主持制定了中學用的《暫擬漢語教學語法系統》（簡稱《暫擬系統》），後來成了全國通用的漢語教學語法體系，產生了廣泛的影響。1981 年 7 月，人民教育出版社在哈爾濱組織召開了“全國語法和語法教學討論會”，對《暫擬系統》提出了修改意見。1984 年 1 月《暫擬系統》的修正方案《中學教學語法系統提要（試用）》公佈，這是目前中學語法教學的語法體系。本教材注重與中學教學語法體系相銜接，但不完全相同。

思考與討論

語法體系為什麼會產生分歧，對此應持有什麼態度？

第二節　詞類（上）

一、　詞類及其劃分依據

　　詞類是詞在語法上的分類。劃分詞類的目的在於說明各類詞的用法和語句的結構規律。詞類劃分一般以語法功能、形態和意義為依據，不同的語言由於其語法特性有別，三者在詞類劃分中的重要性也各不相同。如俄語，詞的形態是劃分詞類的主要依據。而在現代漢語中，詞類劃分的主要依據是詞的語法功能，形態和意義是參考依據。

（一）詞的語法功能

　　詞的語法功能主要是指：

　　1.詞在語句裡充當句法成分的能力。一是能否充當句法成分；二是經常充當什麼樣的句法成分。如"花兒開了"，"花兒"充當主語，"開"充當謂語，這類能充當句法成分的是實詞；"了"不充當句法成分，只表語法意義，是虛詞。"花兒"這類詞常常充當主語、賓語，是名詞；"開"這類詞常常充當謂語（或謂語中的中心語），是動詞。

　　2.詞與詞的組合能力。一是能跟什麼詞組合，不能跟什麼詞組合；二是組合以後是什麼關係。如"花兒"是名詞，能跟形容詞組合，如"漂亮的花兒"，"漂亮"修飾"花兒"，是定中關係；"花兒"不能跟副詞組合，我們不能說"不花兒"。"開"是動詞，能跟副詞組合，如"不開"，副詞"不"修飾"開"，是狀中關係。"開"前面一般不能受數量短語的修飾，我們不能說"一個開"。"了"是虛詞，常常附在動詞後，表示完成或變化的語法意義，但是一般不能附在名詞後，我們不能說"花兒了"。

（二）詞的形態

詞的形態分兩種，一是構形形態，二是構詞形態。

現代漢語中構形形態包括重疊式和黏附式。如"討論討論"是動詞重疊式，"乾乾淨淨"是形容詞重疊式，"同學們"是黏附式，"們"黏附在"同學"後面，表示複數。構詞形態包括前綴和後綴。如"老師""阿姨"中的"老"和"阿"是前綴，"甜頭""綠化"中的"頭"和"化"是後綴，它們有構成新詞的作用，同時也有標記詞類的功能。漢語中詞的形態變化很有限，不能作為劃分詞類的主要依據。

（三）詞的意義

這裡所說的詞的意義，指的是從詞的具體意義中概括出來的類別意義。如名詞表示人和事物的名稱，動詞表示動作行為、存在、變化，形容詞表示性質和狀態等。如"吃、喝、拉、撒、睡"具體意義各不相同，但都表示動作行為，是動詞。"柴、米、油、鹽、醬、醋、茶"具體意義也各不相同，但都表示事物名稱，是名詞。

（四）現代漢語的詞類

漢語的詞首先可根據能否做句法成分分為實詞、虛詞兩大類。能充當句法成分的詞叫實詞，不可以充當句法成分的詞叫虛詞。

實詞可以分為名詞、動詞、形容詞、區別詞、數詞、量詞、副詞、代詞、擬聲詞、嘆詞①十類。虛詞可以分為介詞、連詞、助詞、語氣詞四類。

在實詞當中，經常用來充當主語、賓語的，又稱為體詞，如名詞和指代人或事物的代詞等；經常用來充當謂語或謂語中的中心語的，又稱為謂詞，如動詞、形容詞等。

二、 實詞

（一）名詞

1. 名詞的意義和種類

名詞表示人、事物、時間、處所、方位的名稱。名詞有以下幾種：

表示人或事物：人、學生、記者、眼睛、羊、月亮、鋼筆、發動機（表具體）

　　　　　　　勇氣、思想、友誼、情操、境界、哲理（表抽象）

　　　　　　　人民、百姓、書籍、馬匹、車輛、河流（表集合）

表示時間：中秋、夏天、傍晚、將來、從前、平時

表示處所：周圍、附近、郊區、遠處、校園、圖書館

表示方位：上、下、左、右、之南、以北、旁邊、後面

像"孫文、泰山、天安門、印度尼西亞"這樣表示專一的對象

---

① 嘆詞儘管不能充當句法成分，但能獨立成句，也歸入實詞。

的詞，有人把它們叫做專有名詞。其中有些詞與表處所的詞有所交叉，如"泰山""天安門"，既可看做是專有名詞，也可看做是表示處所的名詞。類似的交叉現象還有不少，如"圖書館""校園"這樣的詞既表示事物名稱，又可以表示處所。表示方位的詞，單獨使用的時候，也可以看做是表示處所的。

2. 名詞的語法特徵

（1）經常做主語、賓語或主語、賓語中的中心語，如"老師推薦了一本好書"，名詞"老師"做主語，"書"做賓語中的中心語。多數名詞能做定語，如"紅木傢具""校園文化"。名詞一般不做狀語，但表時間、處所和方位的名詞常常做狀語，如"我們明天出發""咱們北京見"。名詞不能做補語。

（2）名詞一般可以受表示名量的數量短語修飾，如"一朵花""兩位朋友"。但不是所有名詞都如此，如表集合的、表方位的名詞和專有名詞，大多不能受數量短語的修飾。

（3）名詞一般不能受副詞修飾。像"不人""不鬼""不山"不能說，只有在"人不人，鬼不鬼""什麼山不山的"等特定結構裡才能使用。

（4）名詞一般不能重疊。像"爸爸、姐姐、星星"等，這些是由語素重疊構成的詞，不是名詞的重疊。

（5）一部分表人的名詞後可附加"們"，表複數，如"同學們、鄉親們、朋友們"。

3. 方位詞

方位詞主要表示方向和相對位置，可分為單音節方位詞和雙音節方位詞兩種。單音節方位詞在現代漢語裡一般不單用。雙音節方位詞由單音節方位詞加上"之、以、邊、面、頭"等組成。

<h2>方位詞總表</h2>

單音節方位詞	雙音節方位詞					
	前加"以"	前加"之"	後加"邊"	後加"面"	後加"頭"	其他
上	以上	之上	上邊	上面	上頭	
下	以下	之下	下邊	下面	下頭	底下
左		之左	左邊	左面		
右		之右	右邊	右面		
前	以前	之前	前邊	前面	前頭	
後	以後	之後	後邊	後面	後頭	
裡	以裡		裡邊	裡面	裡頭	
外	以外	之外	外邊	外面	外頭	
東	以東	之東	東邊	東面	東頭	東南
西	以西	之西	西邊	西面	西頭	西北
南	以南	之南	南邊	南面	南頭	西南
北	以北	之北	北邊	北面	北頭	東北
中		之中				當中
間		之間				中間
旁			旁邊			
內	以內	之內				

注："之前、之後"兼表時間，"以前、以後"只表時間。

（二）動詞

1. 動詞的意義和種類

動詞表示動作、行為、心理活動或存在、變化等。動詞有以下幾種：

表示動作行為：跑、唱、說、做、表揚、傳播、捍衛、商量
表示心理活動：愛、恨、怕、想、喜歡、羨慕、嫉妒、懷念
表示存在、變化：有、死、存在、消失、發生、演變、擴大
表示判斷：是

表示能願：能、要、會、該、肯、可以、可能、應當

表示趨向：來、去、上、下、進、下來、上去、起來

2. 動詞的語法特徵

（1）動詞經常充當謂語或謂語中的中心語，如"春天來了""她開心地笑了"，在這兩個例子中，"來"做謂語，"笑"做謂語中的中心語。

（2）多數動詞經常充當動語帶賓語，如"阿華買了新車""會議室坐了很多人"，"買"和"坐"充當動語。有一些動詞做動語通常帶謂詞性賓語，如"進行（～辯論）""加以（～改造）""打算（～報考研究生）"等。現代漢語中能帶賓語的詞一般都是動詞。

（3）動詞能受"不"等副詞修飾，但一般不能受程度副詞修飾。如可說"不參加""就來""馬上到"，但不說"很看""太研究"。只有表心理活動的動詞和部分能願動詞能夠受程度副詞修飾，如"很怕、很喜歡、很想念、很應該"。

（4）動詞後多數可以帶"着、了、過"，分別表示動作行為持續、完成和經歷等語法意義，如"玩着遊戲、買了東西、學習過法語"。

（5）部分動詞可以重疊，表示短時、少量，有時帶有嘗試的意味。單音動詞重疊是 AA 式，後一個音節一般讀輕聲，如"說說、試試"；雙音動詞重疊是 ABAB 式，如"討論討論、整理整理"。

3. 特殊動詞

（1）判斷動詞"是"

"是"主要用在主語、賓語之間表示判斷，表示事物等於什麼或屬於什麼，如"捐款的是個小學生""王力是著名的語言學家"。"是"不表示動作行為，不能重疊，不能帶"着、了、過"。

"是"還可以用在表示事物的特徵、情況或存在的句子裡，如

"盛老師是個瘦高個兒""公園裡是一片花的海洋""宿舍門前是一個網球場"。

值得注意的是，"是"還可以做副詞，出現在動詞、形容詞前，做狀語，如"曉寧是參加過選秀比賽""她的眼睛是很漂亮"。這時的"是"要重讀，表強調，相當於"的確、確實"的意思。

（2）能願動詞

能願動詞又叫助動詞，表示對行為或狀況的可能性、必要性和意願性的評議，主要用在動詞、形容詞前，做狀語，如"這種自行車可以摺疊""色調應該柔和一點"。能願動詞是一個封閉的類，數量有限，主要包括：

表可能性：能、能夠、會、可能、可以、可
表必要性：要、應、應該、應當、該、得（děi）
表意願性：肯、敢、要、願、願意

能願動詞不能用在名詞前，不能帶"着、了、過"，不能重疊，但能進入"× 不 ×"格式，有的能進入"不 × 不"格式，如"能不能""不敢不"。有些還可以做謂語或謂語中的中心語，如"我能""他完全可以"。

要注意，"會英文""要東西"中的"會""要"是一般動詞的用法，不是能願動詞的用法。

（3）趨向動詞

趨向動詞常用在動詞或形容詞後，做補語，主要用來表示動作的趨向，如"走來""游過去""爬上來""借調出去"。趨向動詞也常做謂語或者謂語中的中心語，如"我去""他還沒有出來"。

趨向動詞是一個封閉的類，有單音節、雙音節兩種，如下所列：

	上	下	進	出	回	開	過	起
來	上來	下來	進來	出來	回來	開來	過來	起來
去	上去	下去	進去	出去	回去	開去	過去	

　　有的趨向動詞做補語時，可以引申出比較抽象的意義，如"唱起來""熱起來"中的"起來"表示開始，"說下去""冷下去"中的"下去"表示繼續。

（三）形容詞

1. 形容詞的意義和種類
形容詞表示性質、狀態等，分以下兩種：

表示性質：美、熱、快、甜、近、醜陋、剛強、善良、認真、陡峭
表示狀態：碧綠、冰涼、紅彤彤、傻乎乎、糊裡糊塗、黑不溜秋

2. 形容詞的語法特徵
　　（1）形容詞經常充當謂語、謂語中的中心語和定語，如"空氣清新""粵菜特別清淡""綠油油的稻田"。有的形容詞可修飾動詞做狀語，如"慢走""得意地笑了"。部分形容詞還能做補語，如"走累了""打掃乾淨"。

　　（2）表性質的形容詞能受"很、太"等程度副詞修飾，如"很聰明""太貴了""十分清楚"。表狀態的形容詞本身已含程度義，不能受程度副詞修飾。

　　（3）部分形容詞可以重疊，表示程度的加強。單音節形容詞的重疊式為 AA（的）式，雙音節形容詞為 AABB 式。例如：

慢——慢慢（的）　　　　　小——小小（的）
熱鬧——熱熱鬧鬧　　　　　大方——大大方方

有些含貶義的形容詞的重疊式為"A 裡 AB"式。例如：

慌張——慌裡慌張　　　　　小氣——小裡小氣

（四）區別詞

1. 區別詞的意義和種類
　　區別詞表示人和事物的屬性，有分類的作用。這種屬性往往有對立的性質，所以常常成對或成組出現。例如：

萬能　野生　獨生　袖珍　公共　日用
男——女　正——副　公——母　金——銀　單——雙
國有——私有　急性——慢性
初級——中級——高級　　短程——中程——遠程

2. 區別詞的語法特徵
　　（1）區別詞只能做定語，修飾名詞，如"副主席" "萬能鑰匙" "袖珍詞典" "特區政府"。區別詞除做定語外，本身不能再充當其他句法成分。像"初級的比較容易學" "這條狗是公的"中的主語、賓語不是由區別詞本身來充當的，而是由"區別詞＋的"構成的短語充當。
　　（2）區別詞不能受"很" "不"修飾，如不能說"很慢性" "不急性"。如果表否定，只能用"非"，如"非專業（選手）、非民用（電價）"。
　　值得注意的是，類似"這件衣服很高級／不高級"中的"高級"受"很" "不"的修飾，是形容詞，不是區別詞。區別詞只能做定語，不能做謂語或謂語中的中心語，而形容詞主要用做謂語或謂語中的中心語，也能做定語，這是二者的最大區別。

（五）數詞

1. 數詞的意義和種類

數詞表示數目和次序，分基數詞和序數詞兩類。

（1）基數詞

基數詞表示數目的多少。其中"一、二、兩、三、四、五、六、七、八、九"和"零"表系數，"十""百""千""萬""億"等表位數，它們通過系位相連構成複合數詞，如"十五""二十五""五萬四千三百二十一"等。

基數詞可以組成表示分數、倍數、概數的短語。

分數用"×分之×""×成"等固定格式表示，如"百分之九十"，也就是"九成"。前者是常用的格式，後者一般用於口語。

倍數主要由數詞後加量詞"倍""番"構成，如"三倍""（翻）兩番"。

概數有以下幾種表示法：

A. 鄰近數詞連用，如"三兩個""七八歲""三四十個"。

B. 整數前加"成、上、近、約"等，如"成千上萬""近百人""約十天"。

C. 整數後加"來、多、把、許、左右、上下"等，如"十來個""三十多位""百把人""三時許""二十左右""五十上下"。

D. 用"幾""兩"等詞，如"十幾歲""（等）兩天"。

（2）序數詞

序數詞表示次序的先後。一般在整數前面加詞綴"第""初""老"等來表示，如"第一""初二""老三"。

2. 數詞的語法特徵

（1）數詞一般要跟量詞組合構成數量短語，才能充當定語、補語、狀語等句法成分，如"（四位）先生""看〈一遍〉""〔一把〕拉住"。

（2）數詞一般不直接修飾名詞。有些數詞與名詞的直接組合，是承襲了古漢語的用法，如"三兄弟、一人一票、八百萬市民"。

表示數目的增減有一套習慣用語：

增加（了）、增長（了）、上升（了）、提高（了）──不包括底數，只指淨增數。如從十增加到四十，可以說"增加了三倍"，不能說"增加了四倍"。

減少（了）、降低（了）、下降（了）──指差額，不包括底數。如從十減少到一，以分數計算，應該說"減少了十分之九"，不能說"減少到十分之九"。

增加（到／為）、增長（到／為）、上升（到／為）──包括底數，指增加後的總數。如從十增加到四十，可以說"增加到四倍"，不能說"增加到三倍"。

減少（到／為）、降低（到／為）、下降（到／為）──指減少後的餘數，包含底數。如從十減少到一，以分數計算，應該說"減少到十分之一"，不能說"減少了十分之一"。

（六）量詞

1. 量詞的意義和種類

量詞表示人、事物和動作行為的計算單位，分名量詞、動量詞兩類。

（1）名量詞

寸、米、斤、噸、畝、克、年、秒、平方公里（表度量衡）

個、隻、名、頭、棵、粒、座、間、輛、所、篇（表個體）

雙、對、副、組、套、批、夥、群、幫、隊、打（dá）（表集體）
些、點兒（表不定量）

（2）動量詞

下、場、趟、頓、次、回、遭、遍、番、通

　　以上均為單純量詞。此外還有複合量詞。複合量詞由兩三個不同的量詞複合而成，表示複合的計算單位，如"人次""架次""噸海里""噸公里""秒立方米"。
　　有些表名量、動量的詞是臨時借用來的。如"一籃子水果""一桌子菜"中的"籃子""桌子"是名詞臨時借用為名量詞；"踢一腳""砍一刀""開兩槍"中的"腳""刀""槍"是名詞臨時借用為動量詞。有一些臨時借用的詞會逐步固化為量詞，如"一杯水""一瓶酒"中的"杯"和"瓶"借自名詞，"一捆柴""一摞書"中的"捆"和"摞"借自動詞，它們已經具備了量詞的語法特徵，如可以進入"一AA"的格式（一杯杯水、一捆捆柴），名詞和動詞都不能進入這一格式。
　　有一些借用來的名量詞是為了描寫後面的名詞，或使抽象事物具體化，起到突出形象的作用，如"一彎曉月、一線生機、一抹紅霞、幾縷情思、半江漁火"。這些用法主要見於文學作品，所用數詞有限，多用"一、幾、半"等。

2. 量詞的語法特徵
　　（1）量詞常與數詞組合構成數量短語，充當定語、狀語、補語等，單個量詞一般不能單獨做句法成分，如"（三瓶）可樂""（幾次）機會""〔一把〕拽住""〔一頓〕暴打""去〈一趟〉""運送旅客〈兩億人次〉"。像"買份早餐""吃塊蛋糕"中的"份""塊"

實際上是省略了前面的數詞"一"。

（2）單音節量詞大多可重疊，重疊之後表示每一、逐一或數量多等意義，充當定語、狀語、主語、謂語等句法成分，如"（朵朵）白雲""〔代代〕相傳""個個都很認真""笑聲陣陣"。

數量短語也可重疊，構成"一A（一）A"式，充當定語、狀語、主語、謂語，也表示每一、逐一或數量多等意義，如"一件（一）件的衣服""一趟（一）趟地搬""一個（一）個都很漂亮""他的理論一套（一）套的"。有時其中的數詞還不限於"一"，如"兩包兩包地扛""三個三個地拿"。

（七）副詞

1. 副詞的意義和種類
副詞表示程度、範圍、時間、否定、情態、方式等意義，可分以下幾種：

表示程度：很、最、太、十分、格外、特別、極、非常、更、更加、略、較、稍稍、略微、有點兒、越、越發、過於

表示範圍：全、都、只、淨、光、僅、總、共、總共、全都、統統、一律、一概、單單

表示時間、頻率：已經、曾經、正在、馬上、立刻、將、頓時、一直、漸漸、常常、往往、又、剛剛、屢次、再三、偶爾

表示肯定、否定：必須、必定、一定、的確、準、不、沒、沒有、別、勿、未、不用（甭）

表示情態、方式：特意、忽然、公然、大肆、肆意、連忙、親自、悄悄、專程、大力、單獨

表示語氣：難道、簡直、幸虧、索性、難怪、不妨、未免、何嘗、何必、也許、大約、反正、反倒、明明、果然、居然、竟然、偏偏

究竟、到底

有的副詞在不同的上下文中表示不同的意思，屬於不同的類別。如“就”，在“我就來”中相當於“馬上”，表時間；在“我就借了一本書”中相當於“只”，表範圍；在“我就要去”中相當於“偏”，表語氣。

2. 副詞的語法特徵

（1）副詞絕大多數只能修飾動詞、形容詞，做狀語，如“〔不〕去”“〔相當〕漂亮”“〔居然〕輸了”。只有極少數副詞還可充當補語，如“高興得〈很〉”“激動〈萬分〉”。在一定條件下，副詞還可以修飾名詞性詞語，限制人和物等的數量、範圍，如“就兩個人”“才三塊錢”“最前沿”“教室裡光學生”。

（2）副詞一般不能單說，但像“不、沒有、也許、有點兒、當然、何必”等少數副詞可在省略句中單說，如“甲：你明天去他家嗎？乙：也許。”

副詞一般只能做狀語，這一點可以把它與其他能做狀語的詞區別開來。

時間名詞可以做狀語，如“〔現在〕出發”中的“現在”，但“現在”還可做定語，如“（現在）的情況”；副詞不能做定語，如不能說“馬上的情況”。

形容詞可以做狀語，如“〔突然〕發生”中的“突然”，但“突然”還可以做定語或謂語中的中心語，如“突然事件”“事情很突然”；副詞則不能這樣，如不能說“忽然事件”“事情很忽然”。“白、怪、淨、老”等詞，在名詞前做定語，是形容詞，如“白手套、怪主意、淨含量、老房子”；在謂詞前做狀語，是副詞，如“白來、怪可憐、淨瞎說、老遲到”。它們做形容詞和做副詞時，意思也不一樣。

“沒（有）”在謂詞前修飾謂詞時是副詞，如“沒有出去”“湯還沒涼”；在名詞前支配名詞時是動詞，如“沒有錢”。

（八）代詞

1. 代詞的意義和種類

代詞起代替和指示的作用。按作用可分為三大類：

（1）人稱代詞：對人或事物起稱代作用。第一人稱為"我""我們""咱們"。其中"我們"可以把聽話人排除在外（也叫"排除式"，如"我們不跟你們一般見識"），也可包括聽話人（也叫"包括式"，如"我們比一比吧"）；"咱們"具有口語色彩，總是包括聽話人在內。第二人稱為"你""您""你們"，"您"是尊稱形式。第三人稱為"他（們）""她（們）""它（們）"，書面上，它們分別稱代男性、女性和事物。如果指稱包含男女的群體，就統一用"他們"。此外，人稱代詞還包括反身代詞"自己""自個兒"，泛稱代詞"人家""別人"，統稱代詞"大家""大家夥兒"等。

代詞總表

按功能分類	按作用分類					
	人稱代詞			疑問代詞	指示代詞	
		單數	複數		近指	遠指
代名詞	第一人稱	我	我們、咱們	誰		
	第二人稱	你、您	你們			
	第三人稱	他、她、它	他（她/它）們	什麼	這	那
	其他	自己、自個兒 人家、別人、大夥、大家、彼此		哪		
				多會兒	這會兒	那會兒
				哪兒	這兒	那兒
				哪裡	這裡	那裡
代謂詞				怎樣、怎麼、怎麼樣	這樣 這麼樣	那樣 那麼樣
代數詞				幾、多少		
代副詞				多	這麼	那麼

注：代名詞的還有"每、各、某、本、另、該、別的、其他、其餘"等指示代詞。

（2）指示代詞：對人、事物或情況起指別作用。指示代詞的基本形式是近指的“這”和遠指的“那”，在此基礎上可以構成“這兒 / 那兒”“這裡 / 那裡”“這會兒 / 那會兒”“這樣 / 那樣”“這麼樣 / 那麼樣”“這麼 / 那麼”。另外，“某”“各”“每”“本”“另”“別的”“其他”“其餘”等也是指示代詞。

（3）疑問代詞：對人、事物或情況起詢問、求代的作用。包括“誰”“什麼”“哪”“哪兒”“哪裡”“多會兒”“幾”“多少”“怎樣”“怎麼”“怎樣”“多”等。

2. 代詞的用法

代詞不是根據語法功能劃分出來的，與別的詞類有所不同，性質比較特殊。從句法功能方面來看，代詞與它所代替的語法單位的功能相當。如“這是一本很好的書”“你吃什麼”中，“這”“你”做主語，“什麼”做賓語，它們代替的是名詞，與名詞的功能相當；“剛才的演講怎麼樣”“你不能這樣”中，“怎麼樣”“這樣”做謂語和謂語中的中心語，代替的是謂詞，與謂詞的功能相當；“那麼快呀”，“那麼”做狀語，代替的是副詞，與副詞的功能相當；“來了多少客人”中，“多少”代替數量短語，功能與數量短語相當。

有些代詞有表示任指、虛指的用法。任指指代所說範圍內的任何人或事物。虛指指代不好確定的人或事物，包括不知道、不好說或不想說的。例如：

01 大名鼎鼎的范先生，誰不認識啊！（“誰”表任指）

02 什麼都別買，媽什麼都不缺！（“什麼”表任指）

03 咱們不為這不為那，就為大夥能過上好日子。（“這”“那”表虛指）

04 殺他個人仰馬翻。（“他”表虛指）

（九）擬聲詞

擬聲詞又叫象聲詞，是模擬聲音的詞，如"啪、叭、砰、咩、嗡嗡、嗚嗚、叮噹、嘩啦、撲通、丁零零、轟隆隆、噼裡啪啦、嘰嘰喳喳"等。

擬聲詞可充當狀語、定語、謂語、補語等句法成分。例如：

01　篝火〔噼裡啪啦〕地燃起來了。

02　小朋友們快活得像一群（嘰嘰喳喳）的小鳥兒。

03　河面上，鼓聲咚咚，水花飛濺。

04　窗外的白楊樹被風吹得〈嘩啦嘩啦〉的。

有時擬聲詞也可獨立成句或做獨立語。例如：

05　"阿——嚏——！"隔壁打了一個很響的噴嚏。（獨立成句）

06　嘭嘭嘭，門外傳來一陣敲門聲。（獨立語）

擬聲詞非常豐富。漢字只能大致地模仿聲音，如"噴嚏"的讀音跟實際的發音（吸氣音）有區別；"砰"既可用來表槍聲，也可表關門聲，但槍聲與關門聲有一定差別。有時還存在有音無字的現象，如踹門聲（duang）、扇耳光聲（pia）。擬聲詞應儘量使用通行的寫法，不應隨意創造。

（十）嘆詞

嘆詞表示感嘆、呼喚或應答等意義，如"啊、哦、嗯、喂、唉、哎、哎呦"等。嘆詞的獨立性很強，不跟其他句法成分發生結構關係，常做獨立語或獨立成句。例如：

01 哎呀，太好了！（獨立語）

02 哎！我馬上就來。（獨立成句）

同一嘆詞，在不同語境中由於語調不同，可表達不同的意義。例如：

03 啊，是阿俊呀。（微微一驚，"啊"語調低降）

04 啊，標叔先走了？（大吃一驚，"啊"語調高揚、短促）

05 啊，原來是這樣子啊。（恍然大悟，語調低降、舒緩，聲音較長）

06 啊，就這樣吧。（表示同意、應允，語調低降，聲音短促）

嘆詞的書面寫法往往不固定，有時同一聲音用不同的漢字來表示，這有待進一步規範。

一般來說，漢語中的每個實詞都可以各歸其類，但有的詞是兼類的。如"豐富"，在"我們的課餘生活很豐富"中是形容詞，在"豐富了我們的課餘生活"中是動詞。又如"代表"，在"我們選了兩個代表"中是名詞，在"他們二位可以代表我們"中是動詞。再如"矛盾"，在"他們之間有矛盾"中是名詞，在"造成了一個很矛盾的局面"中是形容詞。這些兼類的詞在具體的語境中究竟歸屬哪一類，仍然要靠劃分詞類的依據來確定。

複習與練習（二）

一、 複習題

1. 簡述漢語詞類的劃分標準。

2. 詳述名詞、動詞和形容詞的語法特徵。

3. 簡述區別詞和副詞的語法特徵。

4. 簡述名量詞和動量詞的差異。

5. 代詞可分哪幾類？怎樣認識它的語法功能？

二、 練習題

1. 比較下列各組中每個詞的詞性。

許諾——諾言　　勇氣——勇敢　　充分——充滿

青年——年輕　　願望——希望　　適合——合適

堅決——決心——決定　　開心——關心——衷心

西式——西方——西化　　平常——日常——經常

2. 標明下列句中畫線的詞的詞性並說明理由。

（1）天漸漸冷起來了。

（2）他還在教室裡看書。

（3）自行車他騎出去了。

（4）你應該努力學外語。

（5）他剛才來過。

（6）最好聽的是這首歌。

（7）房子上面鋪着瓦。

（8）這是一本袖珍詞典。

（9）阿洪請我吃飯。

（10）幸虧他來了。

（11）我們<u>繼續</u>開會。

（12）老闆訓了他<u>一通</u>。

（13）這種情況很<u>正常</u>。

（14）<u>逐步</u>改進服務質量。

（15）我們要趕<u>快</u>行動。

（16）工程<u>剛剛</u>開始。

（17）神情<u>木然</u>。

（18）北風<u>呼呼</u>地叫。

（19）<u>哦</u>，原來如此。

（20）你今年<u>多大</u>？

3. 指出下列句中"多"的詞性。

他的論著很多。　　　　　　（　　　）

他又多了一個頭銜。　　　　（　　　）

他精通多種外語。　　　　　（　　　）

多好的人啊！　　　　　　　（　　　）

他走了多久？　　　　　　　（　　　）

4. 漢語各方言中的代詞跟普通話可能有不一樣的地方，請參照課本中的代詞總表，列出自己方言中的代詞。

5. 有些量詞的不規範用法是因為受方言的影響，如有的地方會說"一根褲子、兩隻人、三間醫院"。試舉出一些自己方言中與普通話不同的量詞或量詞用法。

第三節　詞類（下）

一、 虛詞

　　虛詞不能直接充當句法成分，只能依附在實詞或語句上，表示一定的語法意義。由於漢語中實詞表示語法意義的形態變化比較少，因此虛詞是表示語法意義的主要手段之一。虛詞是封閉的類，數目有限，使用頻率卻很高，而且用法複雜。但是不同虛詞之間也有一些共同的特點，根據這些共同特點，可以把虛詞分成介詞、連詞、助詞和語氣詞四類。

（一）介詞

　　介詞用在以體詞性成分為主的詞語之前，構成介詞短語，主要用來修飾謂詞。介詞後的詞語表示與動作、性狀相聯繫的時間、處所、方式、施事、受事等。介詞主要有以下五類：

　　表示時間、處所、方向：在、於、從、自、打、當、由、沿、朝、向

　　表示依據、方式、方法、工具、比較：根據、據、依照、遵照、按照、按、靠、本着、用、通過、憑借、經過、比

　　表示施事、受事：被、叫、讓、由、把、將

　　表示原因或目的：為、因為、以、為了[①]

---

① "為了""沿着"等整個是介詞，不是動詞"為""沿"帶"着"或"了"，介詞不能帶"着""了""過"。

表示關涉對象：對、對於、關於、至於、跟、和、同、與、向、給

介詞短語主要做狀語，其次做補語，少數情況下做定語，不能做謂語。例如：

01 〔從車上〕下來

02 走〈向世界〉

03 （關於成哥）的傳聞

漢語的介詞大多是由動詞虛化而來的。有的詞還處於過渡階段，什麼時候是介詞，什麼時候是動詞，主要看它是否做謂語中的中心語，做謂語中的中心語的是動詞，不是介詞。試比較：

做介詞	做動詞
他用斧頭砍樹。	他用過斧頭。
我比他高。	咱倆比一下。
給我買張票！	給我一支筆！

（二）連詞

連詞是語句中起連接作用的虛詞。它的作用是把詞、短語或句子連接起來，可以按照連接的對象分成三類：

（1）連接詞或短語的有"和、跟、同、與、並、及、以及"等，如"我和你""繼承並發揚""教師、職員以及全體學生"。

（2）連接句子的有"因為、所以、雖然、但是、如果、要麼、否則"等。這類連詞常配對使用，也可以單用。例如：

01 因為祥哥是我們樂隊的主力，所以他必須來。

02 　夜晚，雨仍在下，但是小了。

（3）既能連接詞或短語，也能連接句子的有 "而、或、或者、並且"，如 "肥而不膩" "爸爸想去東南亞旅遊，而媽媽想去歐洲"。

某些連詞與介詞存在區分問題。例如：

03　a. 我和他都去過香港。　　　b. 去香港的是我和他。
04　a. 我曾經和他去過香港。　　b. 和他去香港的人是我。

例 03 的 "和" 是連詞，位於 "我" "他" 之間，"我" "他" 位置顛倒並不影響句子的意思。例 04 的 "和" 是介詞，"我" 與 "他" 的位置不能調換，如果調換，意思會發生變化。

又如：

05　a. 由於他不來，我們只好自己做了。
　　　b. 由於種種原因，我們只好自己做了。

例 05a 中的 "由於" 連接兩個分句，是連詞。05b 中的 "由於" 後接名詞性短語，是介詞。它們之間的差異，在於它們後接的是謂詞性成分，還是體詞性成分。

（三）助詞

助詞附着在實詞、短語或句子上面表示某種語法意義。常見的助詞分以下幾類：

結構助詞：的、地、得
動態助詞：着、了、過

比況助詞：似的、一樣、（一）般

其他助詞：所、給、連

　　結構助詞、動態助詞、比況助詞都是後附的，讀輕聲。"所""給""連"是前附的，不讀輕聲。

1. 結構助詞

　　"的""地""得"，語音形式都是"de"，它們主要用來標示定語和中心語、狀語和中心語、中心語和補語之間的結構關係。一般而言，附在定語後時，應寫做"的"，如"漂亮的衣服"；附在狀語後時應寫做"地"，"愉快地學習"；附在中心語後、補語前時，應寫做"得"，如"哭得很傷心"。"的"還可以組成"的"字短語，如"我的""才買的"。

2. 動態助詞

　　"着""了""過"表示動作行為或性狀所處的狀況。

　　"着"附在動詞或形容詞之後，表示動作的進行或狀態的持續。例如：

01　吃着碗裡的，看着鍋裡的。

02　教室裡的燈一直亮着。

　　"了"附在動詞或形容詞之後，表示動作行為或狀態的實現。例如：

03　哥哥的努力得到了回報。

04　一個月下來，他整整瘦了一圈。

05　過了明天，你就會明白。

動態與動作狀態發生、變化的時間沒有必然聯繫，如例 04、05 中的"了"都表實現，但前者表示已經實現，後者表示將來才會實現。

"過"附在動詞、形容詞後，表示動作行為或狀態曾經發生或存在。例如：

06 她調侃地說："我見過無恥的，但沒見過你這麼無恥的。"

07 我們也年輕過，也荒唐過。

動態助詞常常和表示時間的副詞配合使用，在動詞的前後互相呼應，如"已經得到了回報""曾經見過"。

另外，當"的"用在動語和賓語之間時，可以表示行為在過去發生。例如：

08 我在澳門上的大學，在廣州讀的研究生。

09 昨天誰鎖的門？

這類句子強調動作的處所、施事、時間、方式等，被強調的對象前往往可以加上"是"，如"昨天是誰鎖的門"。

3. 比況助詞

"似的""一樣""（一）般"附在名詞性、動詞性、形容詞性詞語後，構成比況短語，大多表示比喻，如"木頭一樣""發瘋般""很開心似的"。比況短語前面往往還可以加"像""好像"，如"像木頭一樣""像發瘋一般""好像很開心似的"。

4. 其他助詞

"所"常附在及物動詞前，構成"所"字短語，如"各盡所能，各取所需"中的"所能""所需"。在現代漢語裡"所"的常見使用格式是"所 + 動詞 + 的",如"我所看到的就是這些"。"所"也常與"被""為"配合構成"被……所……""為……所……"格式,表示被動,如"為情所困"。"所"是比較書面化的助詞。

"給"用在動詞前,起加強語勢的作用。例如:

10　這事兒把我給感動壞了。
11　拖鞋讓小狗給叼走了。
12　哎呀,我給忘了!

這種"給"可以省略,省略後不影響句子的基本意思。"給"是比較口語化的助詞。

"連"用在名詞性、動詞性或形容詞性詞語前,與"都""也"等相配合,構成"連……都……""連……也……"等格式。例如:

13　他連籃球都沒摸過,更不用說參加比賽了。
14　寫給她的信,她連看也不看,就扔到一邊了。

"連"後的詞語,是對比強調的部分,隱含對比的意義。

(四)語氣詞

語氣詞常用在句末表示語氣,也可用在句中主語、狀語後頭表停頓。常見的語氣詞主要有以下六個:

的　了　呢　吧　嗎　啊

"的"主要用於陳述句,如"這事我會記住的。"
"了"主要用於陳述句和祈使句,如"春天來了。""同學們,上課了。"

　　"呢"主要用於疑問句和陳述句，如"帽子呢？""外面正下雨呢。"

　　"吧"主要用於祈使句和疑問句，如"你還是去吧。""雨停了吧？"

　　"嗎"主要用於疑問句，如"他做過志願者嗎？"

　　"啊"主要用於感嘆句、疑問句、祈使句，如"這孩子多聰明啊！""這是誰買的杯子啊？""別放糖啊！"

　　前面所舉的例子，語氣詞都用在句子的末尾，但有的語氣詞也可以用在句了的中間。例如：

01　這事兒吧，可真有點兒懸！
02　麥當勞哇，肯德基呀，漢堡王啊，都是洋快餐。（"哇""呀"是"啊"的音變）

　　某些語氣詞與助詞存在區分問題，如"的"和"了"。
　　（1）語氣詞"的"和結構助詞"的"。

03　明天是會下雨的。
04　這個是姐姐在香港買的。

例03中"的"是語氣詞，例04中"的"是結構助詞。要判斷句末的"的"是語氣詞還是結構助詞，首先是看"的"能否刪除，刪除後句子意思基本不變的是語氣詞，意思變了的是結構助詞。其次是看"的"後能否添加名詞做中心語，能添加的是結構助詞，不能的是語氣詞。如例04可說成"這個是姐姐在香港買的紀念品"。
　　（2）語氣詞"了"和動態助詞"了"。
　　語氣詞"了"用於句子的末尾；動態助詞"了"用於謂詞後，

常出現在句中。如"關了門了",第一個"了"是動態助詞,第二個是語氣詞。漢語語法學界習慣把動態助詞"了"叫做"了$_1$",語氣詞"了"叫做"了$_2$"。

有時候謂詞後的"了"正好又在句子的末尾,這時的"了"究竟是語氣詞還是動態助詞呢?最主要是看整個句子所說的事情有沒有發生。如果事情還沒有發生,"了"一般是語氣詞,如"我走了,咱們後會有期。""長大以後你就知道了。"如果事情已經發生了,那麼"了"就是動態助詞和語氣詞的混合形式,如"他早就走了。""我已經知道了。"一般把這種混合形式的"了"叫做"了$_{1+2}$"。

二、 詞類運用中的問題

(一) "以前、以後"等方位詞運用中的範圍起點問題

＊2000 年以前進校的和 2000 年以後進校的學生使用不同的教科書。

表面看來,上例的"2000 年以前進校的"和"2000 年以後進校的"界限清楚,但沒考慮"2000 年進校的"的歸屬問題,表達不嚴謹。正確的表述可根據實際情況改為"2000 年以前(含 2000 年)進校的和 2000 年以後進校的學生使用不同的教科書"或"2000 年以前(不含 2000 年)進校的和 2000 年及以後進校的學生使用不同的教科書"。

"以上、以下;以外、以內;之上、之下;之前、之後"等方位詞在使用中也存在是否包含範圍起點的問題。為避免歧義,書面上常在這類方位詞後用括號注明是否含範圍起點,如"六十歲以上

老人（含六十歲）"。

（二）"二""兩"等數詞和量詞運用中的問題

01 ＊本學期，他有二門課考得不理想。

02 ＊他們倆個都不喜歡在外面吃飯。

例 01 中"二"應改為"兩"。"二"和"兩"用法不完全相同。當單獨用在度量衡量詞前時，除"二兩"不能說成"兩兩"外，用"二"用"兩"都可以，如"二斤""兩斤"、"二尺""兩尺"。但單獨用在其他量詞前就只能用"兩"不能用"二"，如"兩個"不說"二個"，"兩條"不說"二條"；不過在"位"前也可用"二"，"二位""兩位"都通用。例 02 的正確說法應是"他們倆"。"倆"是"兩個"的合音，所以不能再帶用量詞"個"。"仨"的情況與"倆"一樣，也不能說"仨個"。

（三）否定形式的運用

01 ＊進場施工，要防止不發生事故。

02 ＊誰也不會否認，地球不是繞着太陽轉的。

03 ＊誰說這種病不是不能治的，你就放心吧。

副詞中的"不、沒、沒有"等表否定意義，動詞"否認"等也表否定意義，反問語氣也可以表否定意義。一個句子中使用多重否定時，如果不注意，就會把話說反了。所以，例 01 正確的說法應該是"進場施工，要防止發生事故。"例 02 應該說成"誰也不會否認，地球是繞着太陽轉的。"例 03 應該說成"誰說這種病是不能治的，你就放心吧。"

（四）代詞的指代問題

01　＊唐先生的外甥是前任經理，由於玩忽職守被免職了，他對
　　　　此一直耿耿於懷。

02　＊他說自己天天加班，我已經受夠了。

03　＊他明天去廣州，這裡有他的親戚。

例 01 中"他"的指代對象不明確，應根據實際情況把"他"改為"唐
先生的外甥"或"唐先生"。例 02 人稱指代混亂，可改為"他說自
己天天加班，（他）已經受夠了"。例 03 中指代"廣州"的"這裡"
應改為表遠指的"那裡"。

（五）"對""對於"和"關於"

　　"對""對於"常常可以互換。一般能說"對於"的地方也能
用"對"，但是能用"對"的地方不一定都能用"對於"。

01　＊大家對於我都很熱情。

02　＊學習外語，對他很困難。

03　＊這種不文明的行為，對於有文化教養的人是不能容忍的。

　　介詞"對"是由動詞"對"演變而來的，還保留有"對待、對付、
朝、向"的意思；"對於"則沒有這些用法。所以表示人與人的關
係的時候，應該用"對"，例 01 中的"對於"應改為"對"。

　　如果要引進持某種判斷或看法的主體，應該採用"對（對於）……
來說"這一格式。例 02 應改為"學習外語，對（對於）他來說很困難。"
例 03 可改為"這種不文明的行為，對於（對）有文化教養的人來說，
是不能容忍的。"單用"對於"一般不能引出主體，只能引出客體，所

以例 03 還可改為 "對於這種不文明的行為，有文化教養的人是不能容忍的。"

"關於" 和 "對於" 都表示關涉，但二者之間也存在細微的區別。"關於" 常引出話題性事物，如 "關於這事，我直接跟老王聯繫。" "對於" 常引出動作行為所涉及的對象，如 "對於這個問題，我們都要採取積極的態度。" 兩種意思都符合的情況下，"對於" 和 "關於" 可互換，如 "關於（對於）這個問題，大家有不同的看法。"

"關於" 和 "對於" 還有其他一些差異：第一，由 "關於" 組成的介詞短語，只能放在主語之前；由 "對於" 組成的介詞短語，放在主語前後都可以。如可以說 "對於語音學，我瞭解得不多"，也可以說 "我對於語音學瞭解得不多"；但不能說 "我關於此事瞭解得不多"，只能說 "關於此事，我瞭解得不多"。第二，由 "關於" 組成的介詞短語可直接做標題，如 "關於放假的安排"，而由 "對於" 組成的介詞短語不做標題。

（六）"和" "或" "或者" "還是"

"和" 做連詞時，只能連接詞和短語，不能連接分句。連接多個成分時，"和" 一般用在最後一個成分前。

01　＊下午我複習了語法，和做了練習。

02　＊阿斌和阿澤、阿邦都去過西藏。

例 01 要去掉 "和"，例 02 的 "和" 要放在 "阿邦" 前。

"和" "或" 有時可以互換，如 "去和（或）不去，你自己決定"，兩種說法都可以，但二者表達的意義還是有區別的。"和" 表示的是兩項兼有，"或" 表示兩項選一。在 "下班後或週末，人們都喜歡到這兒來玩兒" 這個例子中，"或" 如果換成 "和"，意思就不一樣了。

　　"或者""還是"都可表示選擇，如"不管是天晴或者（還是）下雨，他都堅持每天跑步。"但是"或者"不能表達疑問，"還是"則可以表達疑問。所以"你說還是他說？"中的"還是"不能替換為"或者"。

（七）"的""地""得"的分工

　　"的""地""得"這三個結構助詞分別標示定語、狀語和補語。有些人不大理會它們之間的區別，尤其是"的""地"的區別。為了增強語言的規範性，也為了分清結構的性質，應當注意分辨它們的用法。

01　＊大家就這事展開了深入地討論。（"地"應改為"的"）

02　＊他寫的很認真。（"的"應改為"得"）

03　＊認真的對待同事和學生提出的意見。（第一個"的"應改為"地"）

複習與練習（三）

一、 複習題

　　1. 舉例說明介詞的主要語法特徵。

　　2. 舉例說明連詞的作用。

　　3. 常見的助詞有哪些類別？各個助詞小類有什麼特點？

　　4. 常見的語氣詞有哪些？它們分別表達什麼樣的語氣？

二、 練習題

1. 請把下文中的虛詞標出來，並分別填入相應的詞類表中。

　　今天想來，她對我的接近文學和愛好文學，是有着多麼有益的影響！像這樣的老師，我們怎麼會不喜歡她，怎麼會不願意和她接近呢？我們見了她不由得就圍上去。即使她寫字的時候，我們也默默地看着她，連她握筆的姿勢都急於模仿。……

　　記得在一個夏季的夜裡，蓆子鋪在屋裡地上，旁邊點着香，我睡熟了。不知道睡了多久，也不知道是夜裡的什麼時候，我忽然爬起來，迷迷糊糊地往外就走。

　　母親喊住我："你要去幹什麼？"

　　"找蔡老師……" 我模模糊糊地回答。

　　"不是放暑假了麼？"

　　哦，我才醒了。看看那塊蓆子，我已經走出六七尺遠。母親把我拉回來，勸了一會兒，我才睡熟了。我是多麼想念我的蔡老師啊！至今回想起來，我還覺得這是我記憶中的珍寶之一。一個孩子的純真的心，就是那些在熱戀中的人們也難比啊！

（節選自魏巍《我的老師》）

介詞	
連詞	
助詞	
語氣詞	

2. 試分析下面例子中 "了" "的" "連" "和" 的不同詞性。

了 { 丹丹做了作業了。

李爺爺要休息了。

我把書還了。

的 { 我的書都是新買的。

他不會開心的。

我是知道的。

連 { 他連開三槍，但一槍都沒打中。

這東西可以連皮吃，不過皮有點澀。

連這種事情都做，真是無法無天了。

和 { 亞楠和她的男朋友都學過法語。

和孫老闆接洽的人是馬經理。

他曾經和我一起去新疆考察一年。

3. 改正下列句子中的錯誤，並說明理由。

（1）他一直在進行研究錢鍾書。

（2）黃老師夫婦探親留學國外的女兒去了。

（3）大家對完成這次探險非常決心。

（4）他們訂出了考試前如何進行複習。

（5）每一個搶險者都獲得了格外的榮譽。

（6）對待任何事物我們都不能太主觀、偏見。

（7）這輛車在行車中突然故障，導致了交通事故。

（8）他的手在冬天總是很冰涼。

（9）這些人很聰明，很快就熟練了自己崗位的所需要的知識。

（10）大蒜價格從四元漲到八元，漲了兩倍。

（11）關於乒乓球，我就不像足球那樣有興趣了。

（12）他們今天下午打了球和買了東西。

（13）這篇文章無論在取材方面，而且在突出主題方面都做得相當好。

（14）你到底要買什麼嗎？

（15）李明被當選為學校研究生會的主席。

（16）在學習外語的過程裡，我遇到了不少困難。

（17）不管他背叛了我，我對他總是恨不起來。

（18）這台電腦曾經有着不少毛病。

4. 試舉例說明你的方言當中與普通話"着、了、過"相應的動態助詞。

課程延伸內容

詞的兼類、活用和誤用

詞類是以詞為對象，依據語法功能、形態和意義劃分出來的類別。詞類系統建立起來之後，具體的某個詞應該歸入哪個詞類，要看它具有哪種詞類的一般語法特徵。

比如名詞的一般語法特徵是主要充當主語、賓語，能受名量短語修飾，不能受副詞修飾；動詞、形容詞主要充當謂語或謂語中的中心語，能受副詞修飾，前面不能受名量短語修飾；動詞往往能帶"着、了、過"或賓語；形容詞還常常充當定語，但不能帶賓語。從這些一般的語法特徵來看，"木頭"是名詞，"支持"是動詞。

不過，"支持"有時也可以做主語，"木頭"有時也可以做定語，如"你的支持對我很重要""木頭桌子"，也許有同學會把這裡的"支持"看成名詞，"木頭"看成形容詞，或者把"支持"看做是動名兼類，"木頭"看做是名形兼類。這種看法是不正確的，因為在"你的支持對我很重要"中，雖然"支持"做了主語中的中心語，在這裡它不能帶"着、了、過"，也不能帶賓語，甚至能受定語修飾，這些表現很像名詞，但是它還可以受副詞修飾，如"你的大力支持對我很重要"，不能受名量短語的修飾，如不能說"你的兩個支持對我很重要"，這說明它仍然保留動詞的特徵，沒有完全獲得名詞的一般特徵，所以我們仍然把"支持"看做是動詞。同樣的，在"木頭桌子"中，"木頭"雖然做了定語，不能受名量短語和其他定語修飾，但是這裡的"木頭"並沒有具備形容詞的一般語法特徵，如不能受副詞修飾，不能做謂語，所以"木頭"不應看做是形容詞，還應看做是名詞。同時，我們還可以看到，"我們都支持他""你的支持對我很重要"中的"支持"意思基本一致，"一根木頭""木頭桌子"中"木頭"的意思也基本一致。所以，"支持"和"木頭"各屬一個詞類，不存在兼類的問題。

現代漢語中有些詞確實存在兼類現象，它們具有兩類或多類詞的一般語法特徵。如"報告"，在"他已經向老闆報告了最新情況"中做謂語中的中心語，受"已經"和介詞短語等狀語修飾，後帶賓語和動態助詞"了"，具有動詞的一般語法特徵，是動詞。在"他寫的三份報告都得到了老闆的好評"中，"報告"做主語中的中心語，受名量短語等定語的修飾，具有名詞的一般語法特徵，同時它不能受副詞修飾，也沒有動詞的其他任何語法特徵，應該看做是名詞。而且，這兩個"報告"的意思也不一樣，所以"報告"兼做動詞和名詞。

同樣，在"這是一個美好的理想"中，"理想"具有名詞的一般語法特徵，是名詞；在"工程的進展很理想"中，"理想"具有形容詞的一般語法特徵，沒有名詞的任何語法特徵，應該看做是形容詞。而且這兩個"理想"的意思也不一樣，所以"理想"兼做名詞和形容詞。

常見的兼類詞還有：

兼名、形的：科學、標準、經濟、民主、困難、矛盾
兼動、名的：病、建議、決定、領導、參謀、計劃、通知
兼形、動的：破、忙、明確、端正、豐富、密切、繁榮
兼形、動、名的：麻煩、方便、便宜

兼類詞的詞義之間是有明確聯繫的。如果兩個詞形式相同，而意義之間沒有聯繫或已失去聯繫，這就屬於同形詞了。如責怪義的動詞"怪"和奇怪義的形容詞"怪"，就只是同音同形而已，不是兼類。

有些詞本來是甲類詞，臨時借用為乙類詞，這種現象叫詞的活用，不是兼類。如"眼光放遠點兒，別太近視眼。"這裡的"近視眼"是名詞活用為形容詞。

　　詞的活用往往是在特定的條件下，為了表達上的需要而進行的臨時借用，具有特殊的修辭效果。下面這些例子就不屬於活用，而是誤用了。

01　＊他手裡拿着一把不太規格的螺絲刀。

02　＊王亞楠的工作很模範。

03　＊兩年前他被借調到地質勘探所科研去了。

04　＊同學們就在教室裡開慶祝元旦的聯歡。

05　＊只有不斷充實自己，提高教學能力，才能相稱優秀教師的
　　　榮譽。

06　＊剛才來的是一位男性。

例01、02是名詞"規格""模範"誤用為形容詞，例03是名詞"科研"誤用為動詞，例04是動詞"聯歡"誤用為名詞，例05是形容詞"相稱"誤用為動詞，例06是區別詞"男性"誤用為名詞。

思考與討論

　　近年來漢語中出現了越來越多的程度副詞修飾名詞的現象，如"很淑女""很日本""很奶油"等。請你再舉出一些類似的例子，並說明該如何看待這種新興說法。

第四節　短語

一、短語的結構類型

短語，也叫詞組，是詞和詞按照一定的結構方式組合起來的語法單位[1]，它沒有句調，是一種造句單位。

按照不同的結構方式，短語可分為多種類型。

（一）主謂短語

主謂短語表示陳述關係。主語在前，謂語在後（以"/"為界）。主語是陳述的對象，即誰或什麼；謂語說明主語怎麼樣或是什麼。例如：

飛機 / 起飛　　陽光 / 明媚　　今天 / 星期天
加班 / 很累　　他 / 能力強　　蝴蝶 / 是昆蟲

（二）動賓短語

動賓短語表示支配或關涉的關係。動語在前，賓語在後。動語表示動作或行為，賓語是受這種動作或行為支配、關涉的對象。例如：

---

[1] 短語可以由實詞和實詞組合而成，也可以由實詞和虛詞組合而成。以前曾對此進行區別，把實詞和實詞的組合叫"詞組"，把實詞和虛詞的組合叫做"結構"。這裡統一為"短語"。

討論 / 問題　　曬 / 太陽　　受到 / 表揚　　害怕 / 孤獨

（三）偏正短語

偏正短語表示修飾、限制的關係，修飾語（偏）在前，中心語（正）在後。可以細分為兩類：

1. 定中短語。定語在前，中心語在後。定語修飾限制中心語的屬性、質料、數量和領屬等。有時定語後使用結構助詞 "的"。例如：

新 / 方案　　野生 / 動物　　我的朋友　　聰明的孩子

2. 狀中短語。狀語在前，中心語在後。狀語修飾限制中心語的方式、情態、程度等。有時狀語後使用結構助詞 "地"。例如：

特別 / 響亮　　慢慢 / 看　　向左 / 轉　　不 / 知道　　拼命地跑

（四）中補短語

中補短語表示補充、說明的關係。中心語在前，補語在後，補充說明中心語的結果、情態、趨向、程度等。有時補語前使用結構助詞 "得"。例如：

解釋 / 清楚　　開 / 出去　　看了 / 兩遍
高興得合不攏嘴　　妙得很

以上四種類型中，主語和謂語、動語和賓語、修飾語和中心語、中心語和補語都是相對待的，也就是說，沒有主語就無所謂謂語，沒有謂語就無所謂主語，其他亦然。

（五）聯合短語

聯合短語表示並列、遞進、選擇等關係。由兩個或兩個以上成分聯合構成，聯合成分之間常常使用頓號或連詞"和""並""或"等。例如：

唱歌／跳舞　　研究並解決　　乘車或走路　　中國、美國和日本

（六）同位短語

同位短語一般由兩個成分構成，兩個成分從不同角度指稱同一人或事物。例如：

我們／大學生　　你／自己　　首都／北京　　蔡元培／校長

（七）連謂短語

連謂短語由兩個或兩個以上的謂詞性成分連用，一般有時間和事理上的先後關係，中間不用關聯詞語或標點符號。例如：

上街／買東西　　洗洗／睡　　躺着／看書　　回家／做飯／吃

（八）兼語短語

兼語短語也是謂詞性成分的連用，但它是由動賓短語和主謂短語套疊在一起構成的，動賓短語的賓語兼做主謂短語的主語。例如：

請他來　　選我當代表　　催他辦理手續（"他""我""他"是兼語成分）

以上四種類型中，短語的構成都是同類成分連用，其中聯合和連謂短語可以是三個甚至三個以上成分的連用。

（九）量詞短語

量詞短語由數詞或指示代詞加量詞構成，包括數量短語和指量短語兩類。例如：

六／本　　三／件　　兩／趟（數量）
這／個　　那／種　　哪／位（指量）

（十）方位短語

方位短語由方位詞直接附在名詞或動詞等詞語後構成，主要表示處所、時間或範圍。例如：

房間／裡　　考試／中　　二十歲／以上　　做完了手術／之後

（十一）介詞短語

介詞短語由介詞附在名詞等詞語前面構成，表示與動作相關的時間、處所、對象、範圍、方式、條件、原因等。例如：

從／現在　　把／花瓶　　為／榮譽　　對於／在公共場合抽煙這種行為

（十二）"的"字短語

"的"字短語由結構助詞"的"附在實詞性成分後面構成，指稱人或事物。例如：

藍色 / 的　　漂亮 / 的　　該來 / 的　　想去旅行 / 的

（十三）"所"字短語

"所"字短語由助詞"所"加在動詞前構成，指稱動作行為支配、關涉的對象。例如：

所 / 見　　所 / 問　　所 / 引用　　所 / 關心

（十四）比況短語

比況短語由比況助詞"似的""一樣""（一）般"附在名詞或動詞等詞語後構成，主要用來表示比喻，有時也表推測。例如：

猴子 / 似的　　打雷 / 一樣　　雄鷹 / 般　　要下雨 / 似的

以上六種類型的短語都由某一特定的詞（"的""所""似的""一樣""一般"）或詞類（量詞、方位詞、介詞）加上其他詞語構成，這些特定的詞或詞類也成了這些短語的形式標誌。

二、 複雜短語及其結構分析

　　簡單的短語至少由兩個詞構成，但在許多短語中，大的短語內還包含小的短語，這就是複雜短語。如"學習漢語語法"就是一個複雜的動賓短語，它的賓語"漢語語法"又是一個定中短語。複雜短語實際上是由詞先組合成簡單短語，再由簡單短語組合而成的。上面的例子中，"漢語"和"語法"先組合成"漢語語法"，再與"學習"組合成"學習漢語語法"，這種短語內部詞語組合的先後次序，就叫"層次"。簡單短語只有一個結構層次，複雜短語包含兩個或多個結構層次。

　　對於複雜短語，既要瞭解結構層次，又要瞭解結構類型。我們可以採取從大到小、逐層解剖的方法，一直分析到詞為止。這種分析方法叫做層次分析法。例如：

　　"黃河上有一條小船"整個是主謂短語，由主語"黃河上"和謂語"有一條小船"構成。主語是方位短語，由"黃河"和"上"構成，謂語是動賓短語，由動語"有"和賓語"一條小船"構成。其中賓語是定中短語，由定語"一條"和中心語"小船"構成，定語"一條"是數量短語，中心語"小船"是定中短語。到"黃河""上""有""一""條""小""船"時都已經是詞，就不再往下分析了。

　　從例 01 可以看到，自上而下，每一個結構層次都可以切分出兩個成分，它們就是構成這個層次短語的直接成分。如"黃河上"和"有一條小船"是"黃河上有一條小船"的直接成分，"小"和"船"

是 "小船" 的直接成分，其餘可類推。層次分析法，實際上就是找出每個層次的直接成分，因此也叫"直接成分分析法"。除了聯合短語和連謂短語、兼語短語外，大多數短語的直接成分一般都是兩個，所以又叫"二分法"。

分析複雜短語的層次和關係時，要符合以下三個要求。

第一，切分出來的直接成分都應該是可成立的語言單位，或者是詞，或者是短語。例如：

02　媽媽寄來 的 包裹　　　　媽媽寄來 的包裹
　a.└───┘ └──┘　　　b.└───┘└──┘

例 02a 的切分是合理的，b 的切分不合理，因為 "的包裹" 在漢語中是不成立的。

第二，切分出來的直接成分應該能夠搭配。例如：

03　兩所大學 的 教師　　　　兩所 大學的教師
　a.└───┘ └──┘　　　b.└──┘└────┘

例 03a 的切分是合理的，b 的切分不合理，因為 "兩所" 和 "大學的教師" 雖然是合乎語法的單位，但是它們不能搭配。

第三，切分出來的直接成分搭配起來的意義要符合整個結構的原意。例如：

04　飛快 地跳下床跑出去　　　　飛快地跳下床 跑出去
　a.└──┘ └──────┘　　　b.└──────┘└───┘

例 04a 的切分是合理的，b 的切分不合理。雖然 b 的切分表面上符合第一、第二個要求，但是整個短語的意思應該是 "飛快" 修飾 "跳下床跑出去"，b 的切分只有 "飛快地跳下床" 這個意思，不符合整個結構的原意。

下面我們再來分析幾個複雜短語。

05 張 華 昨 天 從 湖 中 救 起 來 一 位 小 朋 友

06 調 查 和 分 析 實 際 情 況

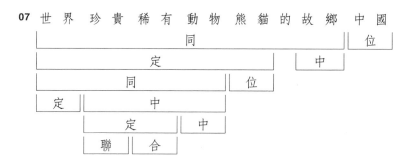

07 世 界 珍 貴 稀 有 動 物 熊 貓 的 故 鄉 中 國

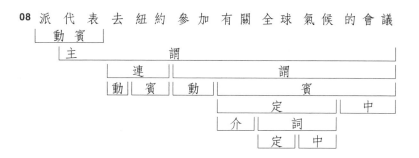

08 派 代 表 去 紐 約 參 加 有 關 全 球 氣 候 的 會 議

三、 多義短語

只有一個意義的短語叫單義短語，不止一個意義的短語叫多義短語。後者如"雞不吃"有兩個意思，一個是"不吃雞"，一個是"雞不吃東西"。造成多義短語的原因很多，這裡我們主要介紹三種多義短語。

第一，由於句法結構關係不同造成的多義短語。例如"出租汽車"，既可以理解為"動賓關係"（出租了汽車），又可以理解為"定中關係"（出租的汽車）。

01 a.
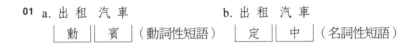

這類多義短語用層次分析法的圖解就可以顯示它們的不同。

02

03

04

05

以上多層短語 03—05 組中的 a、b 第一層次結構關係的名稱相同，但從層次分析的結果看，各組 a、b 的整體結構關係還是不同的。其他類似的例子還有如"新教師宿舍""江蘇和廣東的部分地區"等。

第二，由於語義關係不同造成的多義短語。如"反對的是組長"，"反對"與"組長"之間可以是動作與施事的關係，也可以是動作與受事的關係，語義關係不同，整個短語的意思也不同。由語義關係不同造成的多義短語，難於用層次分析法的圖解表示清楚。

06 a.  b.

第 06 組中 a 是人家反對組長，"組長"是受事，b 是組長反對人家，"組長"是施事。兩種意思，但只有一種層次分析法的圖解。這時我們只能採用其他方法來區分，比如標記出不同的語義關係："組長"是受事或"組長"是施事。

第三，由於句法結構關係和語義關係都不同造成的多義短語。例如：

07 a. 咬 死 了 獵 人 的 狗 （動詞性短語，"狗"是受事）

b. 咬 死 了 獵 人 的 狗 （名詞性短語，"狗"是施事）

複習與練習（四）

一、 複習題

1. 什麼是短語？短語能分出哪些結構類型？

2. 怎樣分析複雜短語？進行層次分析的時候要注意什麼？

3. 什麼是多義短語？句法因素造成的多義短語主要有幾種類型？怎樣分化多義短語？

二、 練習題

1. 指出下面短語的結構類型。

慢走	一棟大樓	搬開	嚴格執行	跳三次
寫心得	好得不得了	把垃圾	所學	繼承並發揚
兩遍	問題解決	充實內容	非常美麗	珠江以北
那兩個	雷鳴般	決定參賽	校長李國明	羞答答地唱
學習上	昨天才買的	請他輔導	鼓掌歡迎	阿翔近視眼
太可憐	屋子很黑	你的鋼筆	暖和多了	進去找一下東西

2. 用層次分析法分析下列複雜短語。

（1）李先生說你知道這個難題應該怎樣解決

（2）在同學們的幫助下

（3）這家公司每年為政府繳納七百萬稅款

（4）請獲獎的同學給大家談談體會

（5）月亮從雲後面慢慢鑽出來

（6）躺着寫東西很難受

（7）去北京路逛街

（8）老舍的小說我看了好幾本

（9）美麗神秘的香格里拉對遊客具有極大的吸引力

（10）我的中學同學劉繼科去年已經從中山大學畢業了

（11）樹林裡跳出兩隻小松鼠

（12）她當班主任已經三年了

（13）這本書是在出版社的書店買的

（14）最早的麻醉藥麻沸散的發明者華佗

3. 指出造成下面短語多義的原因。

（1）學習經驗

（2）撞倒小孩的單車

（3）連小動物都打

（4）姐姐和弟弟的朋友

4. 用層次分析法分化下面的多義短語。

（1）阿東搬出去了

（2）要複印資料

（3）幾個國際學校的代表

（4）張蘭和李桐的同事

（5）望着遠處的學生

（6）我想起來了

（7）他知道這件事沒關係

課程延伸內容

短語的功能類型

　　短語由兩個或兩個以上的詞構成，但每個短語充當句法成分的時候，有着與詞相似的語法功能。根據短語能充當什麼樣的句法成分，能和什麼樣的成分組合，和哪一類詞的功能相當，可以分為名詞性短語、謂詞性短語等類型。

（一）名詞性短語

　　經常充當主語、賓語，語法功能與名詞相當。包括定中短語、由名詞性詞語組成的聯合短語、同位短語、方位短語、"的"字短語、"所"字短語（下面例子中加着重號的成分）。例如：

01　兩歲的孩子會說很多話了。（定中短語做主語）
02　桌子上擺着筆、墨、紙、硯。（方位短語做主語，聯合短語做賓語）
03　提出這一觀點的是呂叔湘先生。（"的"字短語做主語，同位短語做賓語）
04　所答非所問。（"所"字短語做主語、賓語）

（二）謂詞性短語

　　經常充當謂語或謂語中的中心語，語法功能和謂詞（動詞和形容詞）相當。包括動賓短語、狀中短語、中補短語、連謂短語、兼語短語、由動詞和形容詞性詞語組成的聯合短語。例如：

01 這批留學生都通過了漢語水平考試。（動賓短語做謂語中的中心語）

02 大家馬上行動！（狀中短語做謂語）

03 今天的魚新鮮得不得了。（中補短語做謂語）

04 奶奶上街買菜去了。（連謂短語做謂語）

05 教練讓他做五十個俯臥撐。（兼語短語做謂語）

06 他兒子活潑又聰明。（聯合短語做謂語）

主謂短語是謂詞性短語，通常加上句調就是一個完整的句子，但也可以充當句法成分。例如：

07 班主任還不知道。（句子）

08 這件事情班主任還不知道。（主謂短語做謂語）

除了以上經常充當主語、賓語和謂語的短語外，有些短語則經常充當定語、狀語或補語。這些短語主要有介詞短語、量詞短語、比況短語。

介詞短語主要做狀語，有時也能充當補語或定語。例如：

09 他終於把《紅樓夢》看完了。（做狀語）

10 他倆漫步在波光粼粼的東湖邊。（做補語）

11 這本書介紹了對於宇宙起源的幾種不同看法。（做定語）

量詞短語根據量詞的不同可以分為名量短語和動量短語。名量短語常做定語，也可以做主語、賓語和謂語等。例如：

12　幼稚園的小朋友給我們唱了一首歌。（做定語）

13　三個居然打不過一個。（分別做主語和賓語）

14　一人一個。（分別做主語和謂語）

動量短語常做補語和狀語。例如：

15　這部電影我已經看過三次了。（做補語）

16　你這回可跑不掉了。（做狀語）

比況短語常做定語、狀語、補語，有時也做謂語。比況短語有兩種格式，一是"……似的／一樣／（一）般"，另一種是"像／好像／如同……似的／一樣／（一）般"，它們的語法功能是一樣的。例如：

17　每一個特警隊員都有鋼鐵般的意志。（做定語）

18　他火燒屁股似的跑掉了。（做狀語）

19　你的字寫得好像鬼畫符一樣，難看死了。（做補語）

20　他這麼大個人還像孩子一樣。（做謂語）

思考與討論

試談現代漢語短語的結構類型和功能類型之間的關係是怎樣的？

第五節　句法成分

　　本章第一節曾簡略介紹了主語、謂語、動語、賓語、定語、狀語、補語、中心語八種句法成分，下面將從它們的構成和語義類型等方面作詳細的說明。另外我們還將介紹句子的特殊成分"獨立語"。

一、主語和謂語

（一）主語的構成

　　主語一般由名詞性詞語充當。例如（"‖"前為主語）：

01　錢嫂‖板着臉不理他。（名詞）

02　六‖是三的兩倍。（數詞）

03　她們‖都是十歲左右的小姑娘。（代詞）

04　中國和俄羅斯‖都投了反對票。（聯合短語）

05　中國西南的水力資源‖很豐富。（定中短語）

06　十尺‖為一丈。（數量短語）

07　賣爆米花的‖走開了。（"的"字短語）

08　咱們倆‖去獻血吧。（同位短語）

09　昨天‖是中秋呢。（時間名詞）

10　廣場上‖一片狼藉。（方位短語）

以上例 01—08 是表人和事物的名詞性詞語做主語，例 09、例 10 是表時間和處所的名詞性詞語做主語。需要注意的是，當這兩類名詞性詞語在謂語中的中心語前同時出現時，表示人和事物的做主語，而表示時間、處所的就做狀語了。例如：

11　a.〔那時〕，我‖正在海軍服役。
　　　b. 我‖〔那時〕正在海軍服役。
12　〔廣場上〕，人們‖正興高采烈地唱着歌。

在一定的條件下，謂詞性成分也可以充當主語。例如：

13　散步‖是一件很享受的事情。（動詞）
14　快樂‖使人變得年輕。（形容詞）
15　英語學習中，聽、說、讀、寫‖都很重要。（動詞性聯合短語）
16　把這間屋子打掃乾淨‖太不容易了。（狀中短語）
17　情緒不穩定‖是你最大的毛病。（主謂短語）

當謂詞性詞語充當主語時，它們的謂語成分一般是由非動作性謂詞（含判斷動詞、形容詞等）充當。

（二）謂語的構成

謂語一般由謂詞性詞語充當。例如（"‖"後為謂語）：

01　他‖離開了。（動詞）
02　院子裡‖暖和。（形容詞）
03　屋裡‖很亮堂。（狀中短語）

04　警察‖迅速撤離。（狀中短語）

05　河邊‖涼爽得很。（中補短語）

06　國家主席‖出訪歐洲三國。（動賓短語）

07　老先生的字‖豪放而大氣。（謂詞性聯合短語）

08　我們‖冒着大雨繼續比賽。（連謂短語）

09　觀眾‖要求他們加演了一個節目。（兼語短語）

10　我‖頭很疼。（主謂短語）

　　需要注意的是，動詞、形容詞單獨充當謂語受到一定限制，一般要前帶狀語，或後帶補語、助詞等。如例 03、04 的形容詞和動詞前分別帶狀語"很""迅速"，例 05 的形容詞後帶補語"很"，例 01 的動詞後帶助詞"了"。否則，句子含對比意味，如"這本書厚"，暗含有"別的書薄"的意思。

　　在一定條件下，名詞性詞語也可以充當謂語。名詞性謂語多用於說明人物的籍貫、特徵或者節氣、節日、天氣等。例如：

11　魯迅‖紹興人。（說明籍貫）

12　這個人‖瓜子臉。（說明特徵）

13　二月十四日‖情人節。（說明節日）

14　明天‖陰天。（說明天氣）

　　名量短語也可以做謂語，多用於說明人或事物的數量或與數量相關的年齡、價值等。例如：

15　一個人‖兩份。（說明數量）

16　一斤西瓜‖一塊五。（說明價值）

17　你‖二十五了吧？（說明年齡）

（三）主語的語義類型

根據主語和謂語之間的語義關係，可以把主語分成以下類型：

1. 施事主語

主語表示發出動作、行為的主體，即施事。主語和謂語的語義關係是"施事＋動作"。例如：

01　女排的姑娘們‖打敗了所有的對手。

02　大雁‖向南飛去。

03　晚風‖吹拂澎湖灣，白浪‖逐沙灘。

2. 受事主語

主語表示承受動作、行為的客體，即受事。主語和謂語的語義關係是"受事＋動作"。例如：

04　所有的對手‖都被女排的姑娘們打敗了。

05　這個問題‖我已經考慮過了。

06　青藏鐵路‖建成了。

3. 中性主語

主語表示非施事、非受事的人或事物，它和謂語之間呈現出多種語義關係。例如：

07　孩子‖是國家的未來。（主語表判斷的對象）

08　管理員‖不小心把鑰匙丟了。（主語表動作的當事）

09　一家人‖十分和睦。（主語表描寫的對象）

10　喝太多可樂‖不好。（主語表評議的對象）

11　窗台上‖擺着一盆蘭花。（主語表存在的處所）

12　這種螺絲刀‖專門擰花形螺絲釘。（主語表動作的工具）

13　一場病‖花了不少錢。（主語表行為的原因）

二、 動語和賓語

（一）動語的構成

動語是支配、關涉賓語的成分，由動詞性詞語充當，充當動語的可以是單個動詞，也可以是動詞性短語。動語暫用"．"標記。如：

01　他畫了一幅素描。

02　馬林生的臉上露出一絲意味深長的微笑。

03　阿麗終於拿出了那支新筆。

04　這次會議討論並通過了班長的人選。

需要注意的是，狀中短語一般不能直接充當動語。如例 03 中的動語是"拿出"而不是狀中短語"終於拿出"，這裡的狀語"終於"是修飾動賓短語"拿出了那支新筆"的。

形容詞不能帶賓語，但兼屬動詞的可以帶賓語，如"他紅了臉""多了十塊錢""端正態度"。

（二）賓語的構成

賓語常由名詞性詞語充當。賓語用 "﹏﹏" 標記。例如：

01 那個女孩哭哭啼啼地回了<u>南方</u>。（名詞）

02 我們一眼便認出了<u>她</u>。（代詞）

03 斗大的字識不了<u>幾個</u>。（數量短語）

04 我們喜歡<u>清淡點兒的</u>。（"的"字短語）

05 隊員們都帶了<u>睡袋、繩索和帳篷</u>。（名詞性聯合短語）

06 那傢伙用棒球棍打破了<u>五號隊員的頭</u>。（定中短語）

有時，謂詞性詞語也可以充當賓語。例如：

07 她的隨和後面是<u>清高</u>。（形容詞）

08 一些消息開始<u>流傳</u>。（動詞）

09 他正對這個問題進行<u>調研</u>。（動詞）

10 爸爸同意<u>做這個遊戲</u>。（動賓短語）

11 他的眼睛裡充滿了<u>憂鬱、不安和懷疑</u>。（謂詞性聯合短語）

12 我感到<u>鼻孔被堵住了</u>。（主謂短語）

13 老闆說<u>午飯後開會</u>。（狀中短語）

謂詞性詞語充當賓語時，動詞主要限於以下三種類別：（1）表心理活動或感知的動詞，如"喜歡、後悔、知道、估計、看見、同意、認為、打算、敢於、希望"等；（2）表言談的動詞，如"說、問、告訴、討論、研究"等；（3）表施以、起止的動詞，如"進行、加以、予以、開始、繼續、停止"等。

（三）賓語的語義類型

根據動語和賓語之間的語義關係，可以把賓語分成以下類型：

1. 受事賓語

賓語表示承受動作、行為的客體,動語和賓語之間的語義結構為"動作 + 受事"。例如:

01 那個同學老在玩手機。

02 你打開窗戶吧。

03 旅遊途中他寫了不少遊記。

能夠帶受事賓語的動詞叫及物動詞,不能帶受事賓語的動詞叫不及物動詞。

2. 施事賓語

賓語表示發出動作、行為的主體,動語和賓語之間的語義結構為"動作 + 施事"。例如:

04 牆上爬着一隻壁虎。

05 巷口突然躥出一個小男孩。

06 一條船坐四個人。

07 小狗在曬太陽。

08 烤爐上的羊肉串散發着誘人的香味。

3. 中性賓語

賓語表示非施事、非受事的人或事物,它和動語之間呈現出多種語義關係。例如:

09 李老師也是一位粵劇表演家。(賓語表判斷的類別)

10 總經理也經常吃食堂。(賓語表行為的處所)

11 樓下超市的營業時間最晚到十一點半。(賓語表行為的時間)

12　這麼烈的酒，還是喝<u>小杯</u>吧。（賓語表動作的工具）

13　這份文件一定要寄<u>快遞</u>。（賓語表動作的方式）

14　他倆要考<u>研究生</u>。（賓語表行為的目的）

15　外婆着急<u>外公的病</u>老看不好。（賓語表行為的原因）

此外，一些賓語的語義類型很難確定，有待進一步研究。如"吃官司"中的"官司"，"演奏貝多芬"中的"貝多芬"，"闖紅燈"中的"紅燈"。

三、定語

（一）定語的構成與語義類型

一般的實詞和短語都可以充當定語，定語和中心語之間的語義關係也多種多樣。定語（用" （　）"標記）常見的語義類型如：

表示領屬：（我）的老師　　（衣服）的顏色　　（姥姥）的脾氣

表示時地：（去年）的作品　　（現在）的情況　　（胸前）的徽章

表示數量：（一個）念頭　　（兩張）桌子　　（三次）機會

表示行為：（談過）的事情　　（做報告）的嘉賓　　（媽媽給我）的鋼筆

表示歸屬：（屬於他）的東西　　（是捕食性）的昆蟲

表示內容：（為誰服務）的問題　　（小兩口吵架）的小事兒

表示性狀：（粗淺）的想法　　（重要）的會議　　（白色）的屋頂

表示指示、區別：（那）時候　　（這）地方

（二）多層定語

定中短語前頭加上定語就形成多層定語。如"大紅花"，"紅花"是定中短語，前面加上定語"大"，構成兩層定語；"大紅花"再加上定語"一朵"就構成三層定語。可以線性地標記為"（一朵）（大）（紅）花"，也可以用層次分析法分析如下：

多層定語的排列有一定的順序，如"他的大大的眼睛"就不能說成"大大的他的眼睛"。多層定語一般的排列順序可以用下面特擬的例子來說明：

02　他去年那一個在教學研討會上提出的屬於倫理學範疇的以大一學生為對象展開傳統道德教育的基本構想

從定語的語義類型角度看，上例多層定語的順序是：領屬（他）─時地（去年）─指別（那）─數量（一個）─行為（在教學研討會上提出）─歸屬（屬於倫理學範疇）─內容（以大一學生為對象展開傳統道德教育）─性狀（基本）。這也是多層定語排列順序的一般規律。在具體的句子中，各種定語不一定都出現，一個句子有五層以上定語的情況很少。

多層定語排列的一般規律可以概括為：定語跟核心名詞的語義關係越密切，就越靠近核心名詞。如在"芳芳的粉色背包"中，"粉色"體現"背包"的固有屬性，而作為領有者的"芳芳"則體現"背包"的臨時所屬，因為"粉色的背包"還可以屬於其他人，所以形式上"芳芳"離核心名詞的距離比較遠。

有的定語的排列順序也有一定靈活性，這往往跟語用因素相關。如"一件剛買的衣服"有時可以說成"剛買的一件衣服"，後者在語用上突出了"剛買的"。又如"帶着檸檬和薰衣草的新鮮味道"有時可以說成"新鮮的帶着檸檬和薰衣草的味道"，後者突出了"新鮮的"。

需要注意的是，由短語充任的複雜定語不是多層定語。例如：

03　（（我）哥哥）的朋友　（偏正短語做定語）
04　（美麗富饒）的土地　（聯合短語做定語）

上面兩個例子，"我"並沒有直接修飾"朋友"，而是與"哥哥"組成定中短語後，做"朋友"的定語；"美麗""富饒"並沒有分別修飾"土地"，而是組成聯合短語後一起做"土地"的定語。

（三）定語和結構助詞"的"

定語和中心語之間什麼時候帶"的"，什麼時候不帶"的"，是一個比較複雜的問題，但其中也有一些規律可循，加"的"的情況如：

形容詞重疊後做定語要加"的"，如"黑黑的臉、圓圓的西瓜、乾乾淨淨的鞋子、高高大大的小夥子"。

介詞短語和主謂短語做定語時一般要加"的"，如"對他的處理、同世界各國的友誼、遊客休息的地方、軍容整潔的士兵"。

雙音節形容詞做定語，通常要加"的"，如"謙虛的人、嶄新的包、冰冷的態度、炎熱的太陽"。不加"的"的情況，如：

單音節形容詞做定語，通常不帶"的"，如"紅花、綠葉、新書、舊房子"。

　　指量短語和數量短語做定語，通常不帶"的"，如"這個故事、那些人、三碗湯、四袋蘋果"。

　　一些定中短語裡出現不出現"的"，意思不一樣。試比較：

孩子的脾氣　　　孩子脾氣
出租的汽車　　　出租汽車
中國的音樂　　　中國音樂

上例不帶"的"的定中短語像某類事物的名稱，帶"的"的定中短語則不像一個名稱。正如要在中山大學的西門門口掛一個牌子標明那是什麼地方，我們只能掛"中山大學西門"，不可能掛"中山大學的西門"。

四、 狀語

（一）狀語的構成與語義類型

　　能夠充當狀語的詞語比較多，包括副詞、時間名詞、處所名詞、能願動詞、形容詞（特別是狀態形容詞）和介詞短語、部分量詞短語、比況短語、方位短語等（狀語用"〔〕"標記），如"〔暗暗〕下決心、〔如今〕成了好朋友、〔賽場上〕見、〔應該〕有能力、〔大方〕地打招呼、〔朝他〕使眼色、〔一腳〕踢過去、〔發瘋似的〕跳起來"。

　　根據與中心語的語義關係，狀語也可以分為不同的語義類型。

表因由（目的、原因或理據）：〔為了你〕而來　〔因這事〕埋怨他　〔按規則〕辦事

表時地：〔昨天〕發了薪水　〔現場〕辦公　〔在五樓〕開會

表語氣：〔確實〕不錯　〔偏偏〕出了問題　〔居然〕輸了

表幅度（範圍、頻度等）：〔都〕恢復了　〔經常〕跑步　〔又〕發了芽

表否定：〔沒有〕發生　〔不〕遲到　〔別〕鬧

表關涉：〔對船上貨物〕進行檢查　〔衝她〕笑了笑　〔就人事問題〕展開調研

表情態：〔仔細〕觀察　〔認真〕準備　〔高高興興〕地回家

表數量：〔一箱箱〕地搬進來　〔一圈一圈〕地跑　〔一眼〕瞪過去

表程度：〔特別〕優雅　〔真〕可愛　〔有點兒〕累

語法上，狀語都是修飾謂詞性中心語的，但在語義上，它有時卻與主語或賓語有直接聯繫，即語義上指向主語或賓語，而不是指向後面的中心語。例如：

01　她〔自信〕地舉起了手。（"自信"指向主語"她"）

02　四姐〔濃濃〕地沏了一壺茶。（"濃濃"指向賓語"一壺茶"）

03　那位俄羅斯參賽選手〔完整〕地唱了一首中國民歌。（"完整"指向賓語"一首中國民歌"）

（二）多層狀語

狀中短語加上狀語就形成多層狀語。例如：

01　工作人員〔因為時間原因〕〔昨天〕〔在現場〕〔確實〕〔都〕

〔沒有〕〔對所有的申請表格〕〔仔細〕地〔一項一項〕地
核查。

在上面特擬的例子中，核心動詞“核查”前共有九層狀語，除了表
程度的狀語外，包含了狀語的主要語義類型。多層的排列順序依次
為：表因由—時間—地點—語氣—幅度—否定—關涉—情態—數量，
這也反映了多層狀語排列的一般規律。

　　狀語一般位於主語之後，但有些也可以位於主語之前。例如：

02　〔昨天〕我們〔認真〕溫習了功課。

03　〔對於這個問題〕，我們〔立即〕着手解決。

04　〔畢竟〕師傅〔已經〕五十多了。

05　〔為這事〕兩口子〔都〕吵起來了。

　　狀語放在句首時，往往有特別的作用，或者強調狀語，或者兼
顧上下文的連接等。

　　複雜狀語和多層狀語不同，試對比：

06　非 常 認 真 地 研 讀

07　熱 情 地 跟 他 握 手

例 06 是複雜狀語，狀中短語“非常認真”做“研讀”的狀語；例 07
是多層狀語，第一層的中心語由狀中結構“跟他握手”充當。

（三）狀語和助詞 “地”

　　狀語後帶不帶 “地” 的問題比較複雜。總的來說，單音節副詞做狀語時一般不帶 “地” ，表時間和處所的名詞、代詞、能願動詞、方位短語和介詞短語做狀語時不帶 “地” 。如 “大家〔都〕參加” “一年級〔下午〕考試” “我們〔拉薩〕見” “文章〔怎樣〕寫” “他〔可以〕作證” “他〔從廣州〕來” 。

　　狀語後必須帶 “地” 的情況較少，如 “他得意地說” “大家聚精會神地聽” 等。許多情況下，狀語後加不加 “地” 都可以，加了 “地” 的往往有強調狀語的作用，試比較 “輕輕地打開門 / 輕輕打開門” ， “特別地認真 / 特別認真” 。

五、 補語

（一）補語的構成和語義類型

　　補語一般由謂詞性詞語充當，部分數量短語、介詞短語也可以做補語；副詞 “很、極” 也常做補語。補語（用 “〈　〉” 標記）可分為以下幾種語義類型：

1. 結果補語

　　表示動作行為產生的結果。結果補語一般由單個謂詞充當，和中心語結合得比較緊密，中間一般不能插入別的成分。例如：

01　火紅的柿子掛〈滿〉了枝頭。

02　這道題做〈對〉了。

03 打〈腫〉臉充胖子。（ 01、02、03 為形容詞做補語）

04 士兵們打〈退〉了敵人三次進攻。

05 柏林牆被推〈倒〉了。

06 這張椅子是用紫檀木做〈成〉的。（ 04、05、06 為動詞做補語）

2. 程度補語

表示性質狀態的程度。可以充當程度補語的詞語很有限，主要用"很、極"和虛義的"死、透、慌、多、壞、一點、一些、不得了、了不得"等。例如：

07 這個後生機靈得〈很〉。

08 她的主意真是好〈極〉了！

09 西瓜已經熟〈透〉了。

10 裡面吵得〈慌〉，咱就在這兒談吧。

11 兩國的緊張關係最近緩和〈一些〉了。

程度補語本身沒有否定形式，就是說不能在程度補語前加"不、沒"等否定副詞。

3. 情態補語

表示動作性狀呈現出來的情態。情態補語和中心語之間要用助詞"得"，口語中有時也可用"個、得個"。情態補語與結果補語不同，它不僅可以是單個謂詞，還可以是謂詞性短語。例如：

12 流行性感冒來得〈快〉，好得〈慢〉。（形容詞做補語）

13 他的態度變得〈很謙和〉。

14 這位選手唱得〈比專業歌手還好〉。（ 13、14 為形容詞性偏正短語做補語）

15 風颳個〈沒完〉。（動詞性偏正短語做補語）

16 大家聽得〈熱血沸騰〉。（主謂短語做補語）

17 那個胖子呼嚕打得個〈震天響〉。（兼語短語做補語）

情態補語在一定的語境裡可以省略，如“看你慌得！把我氣得呀！”這種情況下，“得”後補語的意思要靠聽者自己體會。

4. 趨向補語
表示動作行為的走向、方位，或表示在趨向義的基礎上發展出來的引申義（如例 22、23）。趨向補語都由趨向動詞充當。例如：

18 他們爬〈上〉山頂，山風迎面吹〈來〉。

19 這首歌曲勾〈起〉了他對童年的回憶。

20 河那邊飄〈過來〉陣陣歌聲。

21 你把這些沒用的東西拿〈出去〉吧。

22 大家唱〈起來〉啊！（“起來”表開始）

23 我們一定要堅持〈下去〉！（“下去”表繼續）

5. 數量補語
表示動作行為的次數或持續的時間。數量補語由表動量和時量的數量短語構成。例如：

24 這本書我已經看了〈幾遍〉了。

25 她推了〈一下〉裡屋的門。

26 他衝山洞裡喊了〈幾聲〉。（24、25、26 是表動量的短語做補語）

27 遊客們在這裡住了〈兩天〉。

28 我們已經培訓了〈三個星期〉了。（27、28 是表時量的短

語做補語）

6. 可能補語

可能補語可以分為兩種類型：

第一種由表示能或不能的"得、不得"本身充當補語，表示動作實現的可能性，與一般補語的"得"不同。例如：

29　這種野果吃得吃不得？（相當於"能吃""不能吃"並列）

30　他太不謙虛了，批評不得。（相當於"不能批評"）

第二種是在結果補語或趨向補語和中心語之間加"得 / 不"，表示結果和趨向可能或不可能實現。例如：

幹得好——幹不好

說得清楚——說不清楚

抬得起來——抬不起來

可能補語的肯定式有時和情態補語字面上相同，如"幹得好"可以是可能補語，也可以是情態補語。可用否定或提問形式來區分。例如：

否定：幹不好（可能補語）

幹得不好（情態補語）

提問：他幹得好幹不好？（可能補語）

他幹得好不好？（情態補語）

換個角度看，"得"後只能是單個詞，前後不能再擴展的是可能補語；不受這一限制的是情態補語。

7. 時地補語

表示動作行為發生的時間和處所（包括動作的終止時間和地點），時地補語由介詞短語充當。例如：

31　這個故事就發生〈在 1992 年〉。

32　她漸漸走〈向權力的巔峰〉。

33　把這本畫冊放〈在書架上〉。

34　他滿腦子都是官位和利益，責任和良知卻被拋〈往腦後〉。

語法上，補語都是補充說明謂詞性中心語的，但在語義上，它有時卻與主語、賓語或其他句法成分直接聯繫，即語義上指向主語或賓語，而不是指向前面的中心語。例如：

35　林先生喝〈醉〉了。（"醉"指向主語"林先生"）

36　大家聽得〈興奮不已〉。（"興奮不已"指向主語"大家"）

37　他摔〈碎〉了一個杯子。（"碎"指向賓語"一個杯子"）

38　他從圈裡趕〈出來〉一群羊。（"出來"指向賓語"一群羊"）

39　把眼睛都哭〈腫〉了。（"腫"指向介詞後的"眼睛"）

40　這件事情把我弄得〈很狼狽〉。（"很狼狽"指向介詞後的"我"）

（二）多層補語

中補短語後面又帶上補語，就形成多層補語。如"打昏在地上"是中補短語"打昏"再帶上時地補語"在地上"。

多層補語的一般排列順序是：結果補語—時地補語或數量補語—趨向補語。跟多層定語和多層狀語相比，多層補語的前後順序相對固定，不太靈活，具有更大的強制性。例如：

01 大客車翻〈倒〉〈在距公路面 40 米的深溝裡〉。（結果補語 + 時地補語）

02 一隻兔子逃〈向麥田深處〉〈去〉了。（時地補語 + 趨向補語）

03 他把一隻麻雀打〈落〉〈到地上〉〈來〉。（結果補語 + 時地補語 + 趨向補語）

（三）補語、賓語的辨別和順序

補語和賓語都出現在動詞後面，有時會混淆。動詞後出現以下三種詞語時，要注意區分它們是補語還是賓語。

（1）謂詞性詞語，如 "喜歡乾淨——洗刷乾淨"。

（2）數量短語，如 "讀了三本——讀了三遍"。

（3）表示時間的詞語，如 "浪費了三天——寫了三天"。

第一種情況可以用不同的提問方式來判斷。"喜歡乾淨"可以用 "喜歡什麼" 來提問，"乾淨" 是賓語；"洗刷乾淨" 可以用 "洗刷得怎麼樣" 來提問，"乾淨" 是補語。

第二種情況可以根據量詞的類別來判斷。"本" 是名量詞，"三本" 做賓語；"遍" 是動量詞，"三遍" 做補語。

第三種情況可以用能否換成 "把……給……" 的格式來判斷，或看能否用 "什麼" 對表時間的詞語進行提問。"浪費了三天" 可以換成 "把三天給浪費了"，還可以用 "浪費了什麼？" 來提問，所以 "三天" 是賓語；"寫了三天" 卻不能換成 "把三天給寫了"，也不能用 "寫了什麼？" 來提問，所以 "三天" 是補語。

動詞後面同時出現補語和賓語時，一般補語在前，賓語在後。例如：

01 我從圖書館借〈來〉了兩本小說。

02 他嘗〈盡〉人生的各種味道。

03 他又看了〈一遍〉那部電影。

不過，數量補語和趨向補語能出現在賓語後，複合趨向補語中間有時還能插入賓語。例如：

04 我剛才跑車間〈去〉了。
05 他找你〈三次〉了。
06 他騙了我〈三年〉。
07 那孩子能背〈出〉很多古詩〈來〉。

六、中心語

中心語是與定語、狀語和補語相對待的成分，分定語中心語、狀語中心語和補語中心語三種。

（一）定語中心語

"定語＋中心語"是名詞性的，所以定語中心語一般由名詞性詞語充當。有時中心語雖然是謂詞性的，但整體還是名詞性的，可以充當主語、賓語。例如：

01 （長時間）的等待——長時間的等待‖讓他煩躁不安。
02 （你）的大力支持——非常感謝你的大力支持。

（二）狀語中心語

"狀語＋中心語"是謂詞性的，所以狀語中心語一般由謂詞性詞語充當。在特殊條件下名詞性詞語也可以充當狀語中心語。例如：

01 袋子裡‖〔淨〕大蘿蔔。

02 山上‖〔光〕石頭。

03 這個博士生‖〔才〕十八歲。

從以上例子中我們可以看到，這種特殊的狀中短語都是做謂語的。

（三）補語中心語

補語的中心語一般由單個動詞或形容詞充當，少數情況下由謂詞性短語充當。例如：

01 這件事的原委才逐漸清晰和明朗〈起來〉。

02 我看你在乎她得〈很〉。

03 這個小品受歡迎得〈多〉。

上面的例子中，充當補語中心語的"清晰和明朗""在乎她""受歡迎"是謂詞性短語。

七、 獨立語

獨立語又叫獨立成分，是句子才有的特殊成分。它獨立於句子的八種句法成分之外，不跟這些句法成分發生語法關係。它可在句首、句中或句末出現，用於表達某些語用意義。獨立語可分為插入語、稱呼語、感嘆語和擬聲語四大類（獨立語用"△"標示）。

（一）插入語

常常由一些特定的詞語充當，主要用來引起對方注意，表示消息來源、推測估計、總結等等。例如：

01　你們看，這是何等地有責任心呀！（引起注意）

02　聽說，今年房價可能會下降。（表消息來源）

03　這堆水果，少說一點，也有八百斤。（表推測、估量）

04　總之，問題是相當複雜的。（表總結）

05　這麼點兒小事，想不到，就把他得罪了。（表意想不到）

06　您會說普通話嗎，請問？（表客套）

07　一般來說，南方人比較細膩。（表話語性質、範圍）

08　毫無疑問，今天中國的經濟成就是改革開放帶來的。（表強調）

09　鮭魚，也就是三文魚，膠原蛋白含量極高。（表注釋）

10　此外，我想談談另一個問題。（表關聯或排除）

（二）稱呼語

用來呼喚對方，引起注意。例如：

01　媽媽，您在幹嗎呀？

02　請把我送到機場，司機。

（三）感嘆語

用嘆詞表達諸如驚訝、感慨、喜怒等感情，也用於應對等。例如：

01 咦，你也在這兒？
　　△

02 啊，真氣派！
　　△

03 唉，這事怨我。
　　△

04 嗯，我這就去辦。
　　△

（四）擬聲語

用擬聲詞模擬事物的聲音，加強真實感。例如：

01 咚咚咚，鑼鼓隊進莊了。
　　△ △ △

02 噼裡啪啦，鞭炮聲此起彼伏。
　　△ △ △ △

03 呼啦啦，戰旗在寒風中肆意翻飛。
　　△ △ △

注意，感嘆詞和擬聲詞後面如果用了感嘆號，就成了獨立的句子；如果後面用逗號，就是句子中的獨立語了。

複習與練習（五）

一、複習題

1.哪些詞語可以充當主語、賓語？主語、賓語有哪些意義類型？

2.哪些詞語可以充當謂語？

3.定語主要有哪些語義類型？多層定語排列順序的一般規律是怎樣的？

4.狀語主要有哪些語義類型？多層狀語排列順序的一般規律是怎樣的？

5. 補語有哪些意義類型？多層補語排列順序的一般規律是怎樣的？

6. 如何區分賓語和補語？動詞後賓語和補語同時出現時，排列順序的規律是怎樣的？

7. 獨立語有哪些類型？各自表達什麼樣的語用意義？

二、 練習題

1. 指出下面各句中的主語，並說明它所屬的語義類型（如"你看"的"你"是施事主語）。

（1）中華民族曾經創造了光輝燦爛的文化。

（2）石頭已經搬開了。

（3）金色的太陽從東方升起。

（4）我們要做好本職的工作。

（5）依我看，他說的有道理。

（6）跌倒的是一個老太太。

（7）天空蔚藍蔚藍的。

（8）這些話說得大家都笑起來。

（9）一床被子蓋兩個人。

（10）他們急得一點辦法也沒有。

（11）橋頭上站着一個小女孩。

（12）這個留學生的普通話講得很好。

2. 指出下面賓語的語義類型（如"看書"的"書"是受事賓語）。

（1）照黑白照片	（2）照 X 光
（3）寫黑板	（4）寫文章
（5）吃大碗	（6）吃麵條
（7）打電話	（8）打雙打
（9）起五更	（10）起疑心

（11）死了一頭牛　　　　（12）跑了一頭牛

（13）喝西北風　　　　　（14）颳西北風

（15）得罪了朋友　　　　（16）來了個朋友

3. 指出下面短語中定語的語義類型（如領屬、數量、時間等）。

（1）院子裡的花　　　　（2）昨天的報紙

（3）一種野草　　　　　（4）長長的條椅

（5）秀麗的山村　　　　（6）這傢伙

（7）王雅芝的歌聲　　　（8）討論的議題

（9）優柔寡斷的態度　　（10）姓劉的老師

（11）屬於學校的財產　　（12）與觀眾互動的方式

（13）羊城八景　　　　　（14）高級精美點心

4. 下面各句中多層定語的排列順序有錯誤，試改正。

（1）這是惡劣的一種十分嚴重的傾向。

（2）上個學期，他參與了許多中文系裡的活動。

（3）那件他的休閒深灰上衣式樣很好。

（4）他是我們學校的英語的優秀的有三十年教齡的教師。

（5）導演系的同學們看了一部描寫鄉村生活的英國的寬銀幕
故事片。

5. 指出下面短語中狀語的語義類型。

（1）探頭探腦地張望　　（2）明天下午開會

（3）處處留心　　　　　（4）非常熱鬧

（5）都來了　　　　　　（6）又發言了

（7）的確好看　　　　　（8）別來了

（9）對他好　　　　　　（10）五個五個地數

（11）為小事吵架　　　　（12）向老師敬禮

（13）多麼壯觀　　　　　（14）因病請假

6. 下面各句中多層狀語的排列順序有錯誤，試改正。

（1）小雷都不平時從來亂花一分錢。

（2）陳老師仔細地在資料室又查了一遍。

（3）他狠狠地便朝那個壞傢伙瞪了一眼。

7. 指出下列句子或短語中補語的意義類型。

（1）他弟弟出去了三年。　（2）講得眉飛色舞

（3）我找了他五次。　　　（4）中山大學成立於 1924 年。

（5）搬得動嗎？　　　　（6）走進來一個推銷員

（7）拿不出來　　　　　　（8）跑細了腿

（9）得意得很　　　　　　（10）把意見寫在留言簿上

（11）大家都笑了起來。　（12）走得滿頭大汗

8. 說明下面各句中狀語或補語在語義上指向哪個成分。

（1）歌聲喚醒了沉睡的森林。

（2）小溪邊孤零零地坐着一個女生。

（3）一宿舍的人聊得毫無睏意。

（4）飛機炸毀了平民的房屋。

（5）我被這突如其來的事嚇傻了。

（6）老大爺脆脆地炒了一盤花生米。

9. 指出下面各句中的獨立語，並說明它的語用意義。

（1）這人的背景很複雜，據瞭解。

（2）她的詩歌，特別是她後期的詩歌，突破了傳統形式的束縛，模糊了書面語和口語的界限。

（3）對這事的處理，李先生，我有不同意見。

（4）到了這種地步，你看，我還能怎麼辦？

（5）哦，意見還不少呢！

（6）說真的，我不是故意為難你。

（7）嘰嘰喳喳，鳥兒在樹梢上嬉戲。

（8）大家提出的方案，不瞞你說，都很難實現。

（9）李先生，你明天來我們公司上班吧。

（10）總的來說，優點是突出的，但缺點也是明顯的。

（11）從短期看來，這次金融風暴一定會影響到我們旅遊業。

（12）嘩，嘩，嘩，瀑布離我們越來越近了。

（13）問題看起來還挺嚴重呢。

10.用層次分析法分析下面兩組短語，並說明它們之間的結構差異。

（1）一件白色男式純棉短袖襯衫

　　魯鎮的酒店的格局的特點

（2）在會議上流利地用英語演講

　　相當耐心地解答

課程延伸內容

主語與話題

　　主語是語法學裡的概念；話題是語用學裡的概念，話題又叫"主題"。話題是話語的出發點，是說話所要敘述或談論的對象。

　　話題通常位於句首，多為名詞性成分，所以常跟主語重合。但話題還可以是位於句首的表時間、處所的狀語。例如：

01　我們後天出發。

02　後天我們出發。

03　在北大我們見過他。

例 01 中的"我們"是主語，也是話題；例 02、03 中的"後天""在北大"是話題，不是主語，是狀語。

　　話題在形式上與主語不同的地方往往表現在，話題後常常可以直接停頓，也可以用語氣詞"啊""吧""嗎""呢"等表示停頓，主語則不一定。例如：

04　我，不過是一個小公務員。

05　請客吧，我喜歡自助餐。

06　關於擇校，是令無數家長頭痛的一個話題。

07　昨天呢，我們就發現了一處錯漏。

例 04 的"我"和例 05 的"請客"首先是話題，同時也是主語；而例 06 的"關於擇校"和例 07 的"昨天"是話題，不是主語，是狀語；

例 05 的 "我" 和例 07 的 "我們" 是主語，不是話題。

思考與討論

結合詞類的功能來看，詞類與句法成分之間是否有對應關係？

第六節　單句

　　句子是具有一個句調、能夠表達一個相對完整意思的語言單位，包括單句和複句。單句往往由短語構成，但比短語多一些東西，如語調、語氣，獨立語等，如 "老師，他的父親聽說來過一次了。" "老師" "聽說" 是獨立語，句末 "了" 是語氣成分，兩者都不是短語成分。句子也有一些變化是短語沒有的，如句子內部可以有省略和倒裝。

一、句型

　　句型是按照句子的結構特點對單句所作的分類。根據是否能夠分出主語和謂語，我們把單句分為主謂句和非主謂句兩大類型。

（一）主謂句

　　主謂句是由主語、謂語兩部分構成的單句。例如：

01　參加奧運會的運動員名單 ‖ 已經確定了。（主 ‖ 狀＋動詞）

02　鯨魚 ‖ 是一種哺乳動物。（主 ‖ 判斷動詞＋賓）

03　我們 ‖ 老擔心孩子身體。（主 ‖ 狀＋動詞＋賓）

04　洗衣機 ‖ 把衣服洗壞了。（主 ‖ 狀＋動詞＋補）

05　這樣的處理 ‖ 打破了歷來的規矩。（主 ‖ 動詞＋補＋賓）

上面例子的謂語都由動詞性詞語充當，謂語中的核心動詞往往前有狀語，或後有賓語、補語。這類主謂句叫做動詞性謂語句。

06 兒媳婦炒出來的菜‖香噴噴的。（主‖形容詞）

07 現在的房子‖相當貴。（主‖狀＋形容詞）

08 這位先生‖對自己的業務很熟悉。（主‖狀＋狀＋形容詞）

09 他的心裡‖亂極了。（主‖形容詞＋補）

上面例子的謂語都由形容詞性詞語充當。謂語中的核心形容詞往往是前有狀語，或後有補語。這類主謂句叫做形容詞性謂語句。

10 孫中山‖，廣東人。（主‖定中短語，表籍貫）

11 那個教練‖高高的鼻子。（主‖定中短語，表特徵）

12 明天‖晴天。（主‖名詞，表天氣）

13 她離開廣州‖已經好幾年了。（主‖狀中短語，表時間）

14 這車‖進口的。（主‖"的"字短語，表類屬）

15 八個人‖一組。（主‖名量短語，表數量）

上面例子的謂語都由名詞性詞語充當，這類主謂句叫做名詞性謂語句。名詞性謂語句的謂語往往限於說明人物的籍貫、特徵或者說明時間、天氣、類屬、數量等，句子形式較短，且一般是肯定形式。

（二）非主謂句

非主謂句指不能分析出主語和謂語的單句。例如：

01 馬上出發！

02　注意左轉車輛！

03　小心地滑。

04　安靜！

05　真香。

06　美死了！

07　飛碟！

08　公元二零零一年九月十一日。

09　老兄！

10　嘖嘖！

11　呸！

12　轟！轟！轟！

13　撲通！

以上非主謂句中，例 01—03 由動詞性詞語構成，可以叫做動詞性非主謂句；例 04—06 由形容詞性詞語構成，可以叫做形容詞性非主謂句；例 07—09 由名詞性詞語構成，可以叫做名詞性非主謂句；例 10—13 由嘆詞或擬聲詞構成，可以叫做嘆詞句或擬聲詞句。

　　非主謂句並不是省略了主語或者謂語，事實上，以上例句中是補不出或不需要補出主語或謂語的。

二、句式

　　根據句法結構中的某種共同特徵，我們可以將單句歸納成一定的句式。常見的句式有：主謂謂語句、"把"字句、"被"字句、存現句、連謂句、兼語句、雙賓句、比較句等。

（一）主謂謂語句

主謂謂語句是指由主謂短語充當謂語的句子。如"模特腿很長"中的謂語"腿很長"是主謂短語。我們把整個句子的主語"模特"叫大主語，把主謂短語中的主語"腿"叫小主語。

主謂謂語句可分為以下幾種類型。

1. 大主語是受事，小主語是施事。例如：

01　這家的熱乾麵‖他每天早上都要吃一碗。

02　再棘手的事情‖他都有辦法解決。

03　什麼樣的挫折‖她這個人都不大放在心上。

這類主謂謂語句中，有的大主語可以移位，移位後就變成一般的主謂句了。如例 01 可變為"他每天早上都要吃一碗這家的熱乾麵"。

2. 大主語是施事，小主語是受事。例如：

04　他這種常年闖蕩江湖的人‖什麼樣的風浪沒經歷過。

05　父親‖一句話也沒說。

06　李明洪‖英語說得不好。

這類主謂謂語句的小主語有時含周遍性的意義，表示所說沒有例外，在語用上往往含有誇張的意味，如例 04、例 05。

3. 大主語和小主語之間有領屬關係。例如：

07　這種樹‖葉子很大。

08　他們家的房子‖面積不大。

09　我們班‖一半人住在三樓。（整體與部分也是領屬關係）

這類主謂謂語句，大小主語之間如果插入"的"字，就變成一般主謂句了。如例 07 插入"的"字，就變為"這種樹的葉子很大"。

4. 句子的謂語裡有複指大主語的成分。例如：

10　這位老闆娘 ‖ 我很早就認識她了。

11　一個大方的人 ‖，他不會做這種小氣的事。

12　你們兩個人 ‖ 誰也別埋怨誰了。

例 10、例 11 謂語中的"她"和"他"分別複指了"這位老闆娘"和"一個大方的人"；例 12 謂語裡的兩個"誰"複指"你們兩個人"中的任何一個。

5. 大主語表示謂語動作行為關涉的對象，它的前面可加介詞"對""對於""關於"等。例如：

13　舊房改造問題 ‖ 政府專門下了一個通知。

14　這件事情 ‖ 她親爸也沒辦法。

15　女兒的這種抉擇 ‖，父母頗感意外和欣慰。

這類主謂謂語句，如果大主語前面加上"對、對於、關於"等介詞後，就變成了介詞短語做句首狀語的句子，不再是主謂謂語句了，如"關於舊房改造問題，政府專門下了一個通知"。

主謂謂語句內部的語義關係比較複雜，除了以上常見的幾種外，還有其他的情況，如"這把刀我切肉"（大主語是工具、小主語是施事），"翻跟頭他不行"（小主語是大主語的施事），"她做菜很好吃"（大主語是小主語的施事）等。

主謂謂語句中的"小謂語"大多是動詞性的，也可以是形容詞性的，以上五種主謂謂語句的小謂語都是如此。少數情況下，小謂語還可以是名詞性的。例如：

16　這個包‖一個多少錢？

17　同學們‖一人一個筆記本電腦。

由名詞性詞語充當小謂語的主謂謂語句多見於口語短句，而且只有肯定式。

（二）　"把"字句

"把"字句是指由"把"構成的介詞短語做狀語的句子。例如：

01　工人把車修好了。

02　姐姐昨天就把這消息告訴我了。

03　他把這批貨賣掉了一大半。

04　老人家把看病的事給耽誤了。

05　別把身體累垮了。

多數"把"字句能夠體現"處置"的意義。所謂"處置"，是指動詞所表示的動作行為對"把"字所引出的受事施加影響，使它發生某種變化。"把"字句的構成有一些限制：

第一，"把"字句中的核心動詞一般不會是單個動詞，特別不能是單音節的動詞，如不說"把東西放""把紙撕""把黑板擦"。核心動詞要麼有狀語修飾語（如"把東西亂放"）；要麼後帶補語（如"把紙撕碎"）、賓語（如"把紙撕了一半"），或帶"了"、"過"等（如"把紙撕了"），或者動詞是重疊形式（如"把黑板擦擦"）。不過，韻文不受這一限制。

第二，"把"引出的詞語，在語用上一般指已知、特定的人或事物，如"你把衣服洗了吧"中的"衣服"是聽說雙方都知道的那些衣服。

第三，助動詞或否定詞要放在"把"前，如不說"我把這塊大石頭能舉起來"，應說"我能把這塊大石頭舉起來"；不說"你把魚缸沒清理乾淨"，應說"你沒把魚缸清理乾淨"。

第四，"把"字句中核心動詞一般是表示處置的及物動詞，它對"把"字所引出的受事施加影響，如能說"我把父母接來"，父母因受"接"的影響而發生位置的變化；不能說"我把父母很想念"，這裡的"父母"不會受到"想念"的直接影響，也不因"想念"而發生變化。

在日常口語裡，我們偶爾也聽到"恨不得把一分錢掰成兩半兒花"（"一分錢"不是已知、特定的），"把人不當人看"（否定詞在"把"字短語後），"把個犯人跑了"（"跑"不是表處置的及物動詞）。但這些句子不是典型的"把"字句，有特定的語用環境，如"把人不當人看"整體帶有熟語的色彩。

（三）"被"字句

"被"字句是指用"被"構成的介詞短語做狀語表示被動，或在動詞性詞語前用"被"字表示被動的句子。例如：

01　那隻兇惡的老虎被武松打死了。
02　桅杆被狂風吹斷了。
03　奶酪被老鼠咬了一個角。
04　輪番的轟炸後，這個美麗的小鎮被夷為平地。

典型的"被"字句中，主語表示受事，"被"後的名詞性詞語表示施事。"被"字句的構成有一些限制：

第一，"被"字句的核心動詞一般不能是單個動詞。往往要麼前有狀語（如"這個難題被技術部門及時攻克"），要麼後帶補語（如"對手被我們打敗"）、賓語（如"衣服被火星燒出一個洞"）或"着""了""過"（如"這輛車被水淹過"）等。

第二，"被"字句的主語，在語用上一般指已知、特定的人或事物。如例01—04中，"那隻兇惡的老虎""桅杆""奶酪""這個美麗的小鎮"是聽說雙方都知道的。

第三，助動詞或否定詞、時間副詞一般要放在"被"字前，如能說"這些東西可能被雨弄濕了"，不說"這些東西被雨可能弄濕了"；能說"小紅帽沒有被狼外婆吃掉"，不說"小紅帽被狼外婆沒有吃掉"；能說"杯子剛剛被他打破了"，不說"杯子被他剛剛打破了"。

"被"字也能直接附於單個動詞前，或構成"被……所"格式，這是古漢語用法的延續。例如：

05　在挪威屠殺慘案中，85人被害。

06　衛星定位信號經常被干擾。

07　最近，媽媽一直被失眠所困擾。

口語中表被動時，常常不用"被"，而用"讓、叫、給"引出施事，其中，"給"還可以直接附於動詞前，"叫、讓"一般不行。"叫、讓"可以構成"讓（叫）……給"的格式。例如：

08　餃子全讓他吃光了。

09　錢包別給偷了。

10　櫃子叫小弟給翻得亂七八糟。

例07和例10中的"所"和"給"是助詞。

（四）存現句

存現句是指表示何處存在、出現、消失何人或何物的句子，它的格式可描述為"處所詞語＋動語＋人或物詞語"。存現句適合用來描寫、說明環境或景物。例如：

01　園子周圍是一人高的木柵欄。

02　中間有一間小屋子。

03　屋子前面有一口井。

04　屋子左邊牆上掛滿了玉米棒子。

05　右邊堆着麥稈子。

把上面這五句連起來，就是用來描寫農村一幅場景的。

存現句分存在句和隱現句，上面五句都是存在句，表示何處存在何物。上面例01、02、03用"是""有"表示單純存在，"是""有"有時可以隱去（如"中間一間小屋子"）。例04、05除了表示存在以外，還表示人、物存在的方式。

存在句有靜態、動態之分。例如：

06　台上坐着主席團。（表靜態）

07　籠屜裡冒着熱氣。（表動態）

以上兩例表面句法結構一樣，但深層的語義表現不同。例06一類的存在句表示的是一種靜態的狀態，句中動詞含有"某物（人）附着於某處"的含義，它們的主賓語都可以換位，像例06可以換成"主席團坐在台上"，又如"牆角站着一個人→一個人站在牆角"，"台上、牆角"是"主席團、一個人"附着的空間點。表靜態的存在句中常見的動詞還有"躺、靠、貼、倚、趴、掛、插"等。而例07一類的存在句表示的是動作的進行狀態，它們的主賓語並不一定都能換位，像例 07 就不能說成"熱氣冒在籠屜裡"。即使主賓語能夠換位，句中的動詞也沒有"某物（人）附着於某處"的含義，如"花叢中飛着幾隻蝴蝶→幾隻蝴蝶飛在花叢中"，換位前後，"花叢中"都是"飛"這個動作進行的空間範圍，而不是"幾隻蝴蝶"附着的空間點。

隱現句表示何處出現或消失何人或何物。

08　牆頭上長出了一叢雜草。（表出現）

09　學校裡調來一位女教師。（表出現）

10　昨天監獄裡跑了一個犯人。（表消失）

隱現句動詞後常出現助詞"了"或趨向補語。

存現句的賓語一般表示的是未知的、不確定的人或物，賓語中的中心語前常常有數量短語修飾。存現句的主語都是表空間處所的，當它前後出現時間名詞時（如例 10 中的"昨天"），應將它們看做狀語。

（五）連謂句

連謂句是指由連謂短語充當謂語或直接成句的句子。例如：

01　他把手錶放到耳邊聽了聽。

02　余德利抬頭發現李冬寶的目光很慌亂。

03　兵兵回宿舍睡覺了。

04　大家熱烈鼓掌表示祝賀。

05　站着別動！

06　老爺爺拄着拐棍過馬路。

07 別揣着明白裝糊塗啦。

08 我們有能力打進決賽。

上面例 01、02、03 中，連用的謂詞性詞語表示的動作行為存在客觀上的時間先後關係，如例 03 先 "回宿舍" 後 "睡覺"；例 04、05 中，兩個連用的謂詞性詞語之間，前者表示具體的動作，後者是對前面動作的解說，兩者之間存在邏輯上的先後關係，如例 04 "表示祝賀" 是對 "熱烈鼓掌" 的解說；例 06、07、08 中，兩個連用的謂詞性詞語之間，前者是後者的陪襯，後者是陪襯下的動作行為，兩者之間存在認知上的先後關係，如例 06 "拄着枴棍" 是 "過馬路" 的陪襯，例 07 "揣着明白" 是 "裝糊塗" 的陪襯，例 08 "有能力" 是 "打進決賽" 的陪襯（前提）。陪襯在前，突出部分在後，這符合一般的認知規律。

所有的連謂句，連用的謂詞性詞語之間都有先後次序關係（無論是時間的、邏輯的還是認知的），因此它們之間是不能換位的，如例 01 不能說成 "他聽了聽把手錶放到耳邊"，即使能說，也是兩個句子了。

連謂句中，連用的謂詞性詞語之間不能有語音停頓或關聯詞語，它們共同陳述同一個主語，即分別與同一個主語發生主謂關係。

連謂句還可以是不止兩個謂詞性詞語連用。例如：

09 她去市場買菜回來做飯吃。

（六）兼語句

兼語句是指由兼語短語充當謂語或直接成句的句子。兼語短語也是謂詞性成分的連用，但它是由動賓短語和主謂短語套疊在一起構成的，動賓短語的賓語兼做主謂短語的主語。例如：

01 他早就想趕我走了。（ "我" 是兼語，是 "趕" 的賓語，又是 "走" 的主語）

02 那聲音引導着她暫時與廠區生活拉開了距離。（ "她" 是兼語）

03 挑剔的母親又逼着裁縫把做好的衣服修改了兩次。（ "裁縫" 是兼語）

04 留他們一起吃午飯吧。（ "他們" 是兼語）

05 地震和海嘯令這個國家的經濟倒退了十年。（ "這個國家的經濟" 是兼語）

以上五例兼語前的動詞 "趕" "引導" "逼" "留" "令" 都不同程度地具有使令、致使義，這類兼語句也是兼語句中最為典型的。典型的含使令、致使義的動詞有 "使、讓、叫、請、派、催、動員、促使、發動、鼓勵、組織、吩咐、命令" 等。

還有一些特殊的兼語句。例如：

06 我們選她做班長。

07 大家都稱他為小諸葛。

08 路上有許多人在趕路。

09 是誰在找我呀？

10 輪到你請客了。

例 06、07 中兼語前的動詞是 "選" "稱"，類似的還有 "聘" "命名" "稱呼" "叫" "喊" 等，它們具有選聘、稱說等意義；兼語後的動詞一般是 "為" "做" "是" "當"（如 "我們叫他做獨孤求敗" "喊她是睡美人"）。例 08、09、10 中兼語前的動詞 "有" "是" "輪到" 表示領有或存在。

兼語和連謂可以同在一個句子裡。例如：

11 媽媽喊他回家吃飯。

12 你可以回學校找師弟師妹們幫忙。

還有一種是兼語、連謂兼用的句子。例如：

13 你陪我去趟佛山吧。

14 你應該協助我們完成這個項目。

典型的兼語句中，前一個動作行為由主語發出，後一個動作行為由兼語發出；典型的連謂句中，兩個動作行為都是由主語發出。而例 13、14 跟典型的兼語句和連謂句都不同，前一個動作行為由主語發出，後一個動作行為由主語和兼語共同發出。

兼語句跟主謂短語做賓語的句子形式上相似，要注意兩者的區別：

兼語句	主謂做賓句
15 a. 我請他來。	**16** a. 我知道他來。
b. ＊我請明天他來。	b. 我知道明天他來。
c. 我請他明天來。	c. 我知道他明天來。

兩者的區別是：（1）停頓處和加狀語處不同。在第一個動詞後，兼語句不能有停頓，也不能加狀語，而主謂短語做賓語的句子可以。（2）第一個動詞性質不同。兼語句的動詞多有使令含義，能帶主謂短語做賓語的動詞多具有言說（如"主席宣佈本屆會議圓滿閉幕"）、感知（如"感覺你好像對他有意見"）和認識（如"我認為這事值得做"）的含義。

（七）雙賓句

雙賓句是指動語帶兩個賓語的句子。一般來講，前一個賓語指人，可叫“近賓語”；後一個賓語指物或事情，可叫“遠賓語”。例如：

01　老神仙給了人參娃娃 一個寶葫蘆。

02　還了他 五十塊錢。

03　你們拿了人家 不少好處。

04　我問你 一件事兒。

05　我們叫他 葉半仙。

06　她又租了我 一間房。

雙賓句的主要特點如下：

第一，雙賓句的動語限於某些特定語義類別的動詞，如表示“給予”“取得”“詢問”“稱呼”等意義的動詞。有些動詞的語義有歧義，如“租”“借”“分”既可表示“給予”又可表示“取得”，因此例 06 有兩種意思，同樣“我借他一支筆”和“他分了我一塊餅”也都有兩種意思。

第二，近賓語往往是一個詞，極少帶修飾語；遠賓語可以是一個詞（如例 05 的“葉半仙”是專有名詞），也可以是帶修飾語的定中短語（如例 01、02），甚至是更複雜的成分（如“女教官教我們如何在險惡多變的環境中戰勝困難，最終完成任務”）。

第三，近賓語和遠賓語之間常常可以停頓，或加逗號，如“歷史的教訓告訴我們，落後就要挨打”。

（八）比較句

比較句主要分以下兩種類型。

1. 差比句

差比句用於比較性質、程度、數量上的差別。典型的差比句是"比"字句，用介詞"比"引進比較的對象，組成介詞短語做狀語。例如：

01　師兄比我更懂得如何做人。

02　姐姐比我多吃了不少苦。

03　他跑得比我快。

04　漁民的光景，一年更比一年強。

05　他現在比以前好多了。

還有一種差比句。例如：

06　學習普通話的熱潮一浪高過一浪。

這種"形容詞 + 過 + 比較對象"的格式常用於書面語。

差比句還有用否定形式"沒（有）""不如"來表達的。例如：

07　我們這兒冬天沒有武漢冷。

08　他的身體不如從前硬朗了。

表面上看，以上兩例中的"沒有""不如"可以用"不比"來代替（說成"我們這兒冬天不比武漢冷""他的身體不比從前硬朗"），它們的意思大致相當。如果深入地看，它們之間還是有差別的，如以上兩例中都可以加"那麼"等表示比較的程度，如"我們這兒冬天沒有武漢那麼冷""他的身體不如從前那麼硬朗了"，但不能說"我們這兒冬天不比武漢那麼冷"。這說明用"沒有""不如"所表示的差異程度大於"不比"。

2. 等比句

也叫平比句，用介詞"和、跟、同、與"引進比較的對象，比較對象後面有"一樣、一致、相同"等詞語。等比句中的比較對象與前面的主語所表示的性質、特點相近或者相同。例如：

09 我跟他一樣，是南方人。

10 她用的護膚品和你的一樣高檔。

11 中國在這一方面的法律規定與貴國的法律規定相同。

口語中常用"跟 / 和"字等比句，而"與"字等比句常用於書面語。

三、 單句的核心分析

句子（包括單句和複句）是語言的使用單位，短語和詞是造句的備用單位。一個語言單位是不是句子，主要看它有沒有完整的句調，句調在書面上用句末標點符號（如句號、嘆號和問號）標出。因此，一個以書面形式出現的大於詞的語言單位，如果沒有句末標點符號，實際上就是短語。短語和句子都是有結構的，結構是有層次的，這是短語和句子的共同特徵。從這個意義上說，層次分析法不僅可用於短語分析，也可用於單句分析。例如：

01 新 同 學 已 經 辦 完 了 入 學 手 續 。

主	謂		
定	中	狀	中
		動	賓
		中 補	定 中

不過，用層次分析法分析單句，有時由於分得過細，過於繁瑣，會影響到對句子的主幹和基本構架的把握。另外，層次分析法在操作上主要是一分為二，但在單句分析時，有些現象用層次分析法會遇到一定困難，如對獨立語的處理，對兼語句、雙賓句、連謂句的處理等等。

為了便於從整體上認識單句的基本框架，快捷而準確地找到句子的主幹，確定全句的核心，我們可以用特定符號直接在單句上面標記相應的句法成分，並標出全句的核心，分析出來的結果簡潔、明瞭。這種方法簡單、實用，我們把它稱為"框架核心分析法"，也稱"核心分析法"。下面我們分別用核心分析法和層次分析法對同一個單句進行分析。例如：

02 （新）同學 〔都〕 辦〈完〉了 （入學）手續。 核心分析法

層次分析法

從以上分析可以看出，兩種分析法的異同在於：（1）層次分析法是縱向立體的，以階梯式的圖示來呈現；核心分析法大體上是橫向線性的，以符號式的圖示來呈現。（2）層次分析法要求分析到詞為止，核心分析法不一定要分析到詞。（3）核心分析法從某種意義上，也可以看成是層次分析法的一種簡化。

核心分析法有一整套符號，標記相應的句法成分，它們是：

——	主語
……	全句核心
～～	賓語
（　）	定語

〔　〕	狀語
〈　〉	補語
～～～	兼語
△△△	獨立語

全句核心在主謂句中，標記謂語和謂語中的中心語或動語（如在"他看了""他已經看了""他看了兩次""他看了一場電影"中，"看"是全句核心）；在非主謂句中，標記動語或中心語（如在"下雨了""一直在下雨""下得很大""好大的雨"中，前三例中的"下"和後一例中的"雨"）。

以下是用核心分析法分析單句的實例：

03　（大）師傅〔已經〕做〈好〉（可口）的飯菜。

04　〔下雨的時候〕，（這一切）美景〔都〕〔被煙雨迷霧〕籠罩。

05　姐姐〔比我〕聰明〈多〉了。

06　我們〔都〕覺得你的心態越來越年輕了。

07　（這種）巧克力酒心的。

08　（老）市長拿〈起〉毛筆〔在鋪開的宣紙上〕題寫了（幾個）（大）字。

09　總務處長邀請（各年級）（學生）代表〔就學校的伙食問題〕〔與管理部門〕進行對話。

10　奶奶告訴我（一個）（天大）的秘密。

11　（你）（現在）（這樣）的成績，說實話，〔很難〕拿〈到〉獎學金。

12　下（大）雪了。

13　（多麼善良）的母親！

14　衝〈出去〉！

15　〔向前〕看。

上面例 03—11 是主謂句，例 12—15 是非主謂句。標有"·"符號的是全句核心，例 13 是定語中心語，例 14 是補語中心語，例 15 是狀語中心語。

以上例句就有不少句子成分只需分析到短語，如例 07 的謂語"酒心的"（"的"字短語），例 06 的賓語"你的心態越來越年輕了"（主謂短語），例 04 的全句狀語"下雨的時候"（定中短語），例 08 的狀語"在鋪開的宣紙上"（介詞短語），和例 13 的定語"多麼善良"（狀中短語）。上述句子成分不必分析到詞，這樣，這些句子的主幹尤其是核心就被清晰地凸顯出來了，句型、句式也一目瞭然。核心分析法對於檢查句中的錯誤也十分有益。

主謂謂語句是一種特殊的主謂句，我們把小謂語中的核心看做是主謂謂語句全句的核心，分析如下：

16　（那些）荔枝他吃了不少。

17　老人家身板兒很硬朗。

18　廣交會一年兩次。

上面三例主謂謂語句，小謂語中的核心"吃""硬朗""兩次"是全句的核心。

對於主謂謂語句的分析，還可以採用層次與核心相結合的辦法。例如：

19　西蘭花　菜農　已經　收割　完畢　。

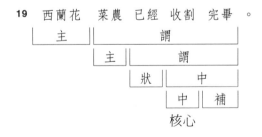

這樣，既可反映出主謂謂語句結構層次的全貌，又可以突出全句的核心。

複習與練習（六）

一、複習題

1. 什麼是句子？單句和短語有什麼區別？

2. 什麼是句型？它可以分為幾類？

3. 名詞性謂語句有哪些特點？

4. 舉例說明什麼是非主謂句。

5. 舉例說明主謂謂語句有哪幾種類型。

6. 舉例說明"把"字句的特點。

7. 舉例說明"被"字句的特點。

8. 舉例說明存在句和隱現句的特點。

9. 連謂句中前後謂詞性詞語之間的關係有哪幾種類型？

10. 舉例說明兼語句的特點。

11. 舉例說明雙賓句的特點。

12. 怎麼表達差比？怎麼表達等比？

13. 核心分析法與層次分析法有何異同？

二、練習題

1. 下列句子哪些是主謂句，可以分哪幾類？哪些是非主謂句，可以分哪幾類？

（1）蛇！

（2）禁止入內！

（3）我們約會吧！

（4）這衣服太漂亮了！

（5）真麻煩！

（6）這蝦二十塊錢。

（7）我的天！

（8）喵，喵，喵！

2. 指出下列主謂謂語句中大主語與小主語或大主語與謂語成分
之間的語義關係。

（1）這位姑娘眉毛彎彎的。

（2）田先生毛筆字寫得好。

（3）那麼多困難他都一個人克服了。

（4）醫生態度很溫和。

（5）西蘭花菜農已收割完畢。

（6）他一個字也沒透露。

（7）那麼好的人你怎麼看不上他。

（8）停車難的問題我們一定會想辦法解決。

（9）阿剛這樣的大廚紅燒魚算得了什麼。

（10）兄弟兩個誰也不服誰。

3. 兼語句與主謂短語做賓語的句子有什麼不同？請通過下面兩
個句子來說明。

（1）我派他去香港。

（2）我希望他去香港。

4. 改正下列句子中的錯誤，並說明理由。

（1）我已經和梁經理商量好了，把你們公司的產品購買。

（2）一件事被老闆知道了。

（3）這條短信被他們沒有刪掉。

（4）我把他們能一個一個地全趕走。

（5）今天請大家把這首歌唱，我們明天再討論要唱的第二首歌。

5. 把下列句子按照括號內的要求進行改寫。

（1）這筆錢我還他。（改成雙賓句）

（2）老太太的情緒不穩定。（改成主謂謂語句）

（3）一隻青蛙從小池塘裡跳出來。（改成存現句）

（4）林先生被他說服了。（改成"把"字句）

（5）她把這匹馬調教得很好。（改成"被"字句）

（6）關於培訓的具體時間，我們還沒有確定下來。（改成主謂謂語句）

（7）唐代有個詩人。這個詩人叫李白。（改成兼語句）

（8）他走過去。他倒了一杯酒。他喝了一口。（改成連謂句）

（9）這兒的網速比家裡快。（改成等比句）

6. 用核心分析法分析下列單句。

（1）不久，被雷劈中的那棵大樹又長出了嫩綠的新芽。

（2）我習慣喝咖啡不放糖。

（3）對方的後衛把球踢進了自家球門。

（4）請大家安靜一點。

（5）新來的隊友告訴我他也是從新疆建設兵團出來的。

（6）這位老大娘說不定還會送你一雙繡花鞋呢。

（7）你去辦公室打電話叫快餐店送十二份盒飯來。

（8）這個沒良心的！

（9）海上升起一輪明月。

（10）關山月，廣東陽江人。

（11）細心的室友姚萌看出了陳曉瀾的心思。

（12）我深知老師的心理壓力比我們還大。

（13）他們廠上個月從歐洲購進了一批先進設備。

（14）在下次董事會上，一定得拿出個讓大家都滿意的新方案來。

（15）有一種愛叫放手。

課程延伸內容

句式的相互變換

"一句話百樣說"，通常一個意思有不同的表達。在保持句子意思基本不變的前提下，出於表達的需要，把甲句式變成乙句式，這叫句式的相互變換。它通過移位、替換、添加、刪除等方法來實現。例如：

	存在句		一般主謂句
01	台上坐着主席團。	↔	主席團坐在台上。
02	小吃攤兒旁邊圍着很多人。	↔	很多人圍在小吃攤兒旁邊。
03	牆上掛着齊白石的畫兒。	↔	齊白石的畫兒掛在牆上。

上面例句中，左邊是存在句，右邊通過主語和賓語移位、"着"替換成"在"，變換成了一般主謂句。變換前後，句子的意思基本不變，但語用上有差異。存在句表達何處以什麼方式存在何人何物，處所詞語做話題（主語）。變換後的一般主謂句，表達何人何物存在於何處，何人何物做話題（主語）。

	一般主謂句		"把"字句		"被"字句
04	他花光了錢。	↔	他把錢花光了。	↔	錢被他花光了。
05	他打破了杯子。	↔	他把杯子打破了。	↔	杯子被他打破了。
06	他染黃了頭髮。	↔	他把頭髮染黃了。	↔	頭髮被他染黃了。

上面例句中，左邊是一般主謂句，中間是"把"字句，右邊是"被"字句，它們之間可以通過添加、移位、替換、刪除相互變換。一般

主謂句陳述一個客觀事實，"把"字句表示處置的意義，"被"字句表示被動的意義。

變換有助於認識句子在語義、語用上的異同，提高造句、選句的能力。此外，變換還可以作為一種方法，幫助我們進一步揭示深層的語法規律。例如：

07	賣了一批設備給工廠。	買了一批設備給工廠。
08	讓了一個座位給老人。	搶了一個座位給老人。
09	寄了一筆錢給媽媽。	取了一筆錢給媽媽。

上面左右兩組句子的表面結構是一樣的，但它們之間還存在深層的差異，這些差異可以通過變換來揭示。左邊一組能做以下變換：

10	賣了一批設備給工廠。	→	賣給了工廠一批設備。
11	讓了一個座位給老人。	→	讓給了老人一個座位。
12	寄了一筆錢給媽媽。	→	寄給了媽媽一筆錢。

而右邊一組不能做以下變換：

13	搶了一個座位給老人。	↛	＊搶給了老人一個座位。
14	買了一批設備給工廠。	↛	＊買給了工廠一批設備。
15	取了一筆錢給媽媽。	↛	＊取給了媽媽一筆錢。

通過變換可以看出，以上兩組表面結構相同的句子，實際上可進一步分成兩類。造成這種深層差異的主要原因，是句中動詞的語義特徵。"賣""讓""寄"等動詞都具有"給予"的含義，而"搶""買""取"等動詞不具有這樣的含義，它們都具有"取得"的含義。這種某類詞所共有的含義就叫語義特徵。語義特徵"給

予"、"取得"可分別記做〔＋給予〕、〔＋取得〕。

需要補充說明的是，"賣給了工廠一批設備。"這類句子應當看做是雙賓句，句中的"賣給"儘管不是一個詞，但在做句子分析時，應當把它們看做是一個整體，尤其是"賣給"後出現動態助詞"了"時，即"賣給"一起做動語，後帶雙賓語。即分析為：

賣給了工廠（一批）設備。

思考與討論

"把"字句和"被"字句之間是否都可以變換？

第七節　單句的運用

一、 句子的語氣類別

句子的語氣類別也叫句類。人們說話的時候都會帶上一定的語氣，表示說話人的態度，體現句子的不同用途。與句型和句式不同，句型和句式是根據句法結構對單句的歸類，而句類是句子的語用分類。

句子的語氣一般分為陳述、疑問、祈使和感嘆四種，它們是通過語調或者語氣詞等手段表現出來的。例如：

01　下雨了。（陳述）

02　下雨了嗎？（疑問）

03　快點下雨吧！（祈使）

04　哎呀！下雨了！（感嘆）

（一）陳述句

陳述語氣用來敘述一件事情或者表示一種意見，它是最基本、最常見的語氣類型。表示陳述語氣的句子叫做陳述句。陳述句語調平穩，常常不使用語氣詞。如果使用語氣詞，常見的有"了、啦、呢、的、嘛、唄、罷了"等。例如：

01　我進了房間，他也神態詭秘地跟了進來。

02　再睡天就亮了。

03 你再磨蹭就遲到啦。

04 她上次來姥姥家過暑假的時候，還是個小學生呢。

05 吃了這劑藥，過兩天就會好的。

06 不就是二十塊錢嘛。

07 想走就走唄，又不是沒你不行。

08 沒關係，多雙筷子罷了。

以上表陳述語氣的句子中，例 01 沒有使用語氣詞。其他例句都使用了語氣詞，這些語氣詞體現出了各種細微的語用口氣：例 02 的 "了" 體現出情況變化的口氣；例 03 的 "啦" 是 "了" 和 "啊" 的合音，不僅體現了情況變化的口氣，還增加了一定的感情色彩；例 04 的 "呢" 體現了一定的誇張口氣；例 05 的 "的" 加重了肯定的口氣；例 06 的 "嘛" 強調了顯而易見的口氣；例 07 的 "唄" 體現了不滿的口氣；例 08 的 "罷了" 有往小裡說的口氣。

陳述句的否定形式一般是在肯定形式的基礎上添加否定詞 "不、沒（有）" 等構成。例如：

09 你不是一個俗人。

10 本來他是不願意告訴我們的。

11 你沒有放下包袱。

12 其實我們的關係並沒公開。

還有雙重否定的陳述句，表達的是肯定而不是否定的意思。例如：

13 我們沒有不同意。（意思是 "我們同意了"）

14 這事他不會不告訴我的。（意思是 "這事他一定會告訴我"）

15 我爸非打死我不可。（意思是 "我爸一定會打死我"）

不過雙重否定跟一般肯定形式在語用上還是有些差別，如例 13 有申辯的口氣，肯定的意味較弱，例 14、15 比一般肯定形式的肯定意味更強烈。

（二）疑問句

疑問語氣用來提出疑問，要求對方回答。**表示疑問語氣的句子叫疑問句。**疑問句的語調多為升調。表達疑問的常用手段除升調外，還有語氣詞、語氣副詞、疑問代詞、肯定否定形式並列等。

按提問的方式，疑問句分為特指問、是非問、選擇問和正反問四種。

1. 特指問

提問時用疑問代詞代替未知部分即疑問點，答問時針對疑問點來回答。特指問大多不用語氣詞，如果要用，只能用"呢"或"啊"，不能用"嗎"。例如：

01　你為什麼不答應他？

02　演講比賽誰報名了？

03　她的廚藝怎麼樣？

04　廣東哪裡最好玩啊？

05　中文系一年級有多少個男生呢？

還有一種特殊的特指問，不用疑問代詞，而用句末的疑問語氣詞"呢"。例如：

06　帽子呢？（沒有上下文時，相當於"帽子在哪兒？"）

07　這次我只考了 80 分，你呢？（常有上下文，根據上下文判斷疑問點，這裡相當於"你考了多少分？"）

2. 選擇問

提問時提出兩個或者兩個以上的選項，讓對方選擇作答。選項常用"（是）……還是……"連接，常用語氣詞"呢""啊"，但不能用"嗎"。例如：

08　你喜歡看電影，還是喜歡看電視劇？

09　是留長髮好，還是剪短了好啊？

10　你要包子，油條，還是煎餅呢？

口語中，有時也可省去"還是"，如"明兒你去我去？"。

3. 正反問

謂語內用肯定（正）、否定（反）的並列式提問，讓對方作肯定或否定的回答，又叫"反覆問"。可用語氣詞"呢""啊"，帶有緩和的口氣，不能帶"嗎"。例如：

11　你們那兒的房子貴不貴呢？

12　還有沒有商量的餘地啊？

13　你們明天去春遊，是不是？

14　下課了沒有？

15　你喝湯不喝湯？

16　喜歡不喜歡？

例 15、16 還可以說成"你喝不喝湯？""你喝湯不喝？""你喜不喜歡？"

4. 是非問

在句末用語氣詞"嗎""吧"或上升語調提出疑問，要求對方作肯定（"是"）或否定（"非"）的回答。例如：

17　今天是立夏嗎？

18　植樹節你們植樹嗎？

19　您是上海人吧？

20　你忘了？

21　你真的要放棄？

例 19 的語氣詞"吧"有猜度的口氣，語調可用降調。是非問語氣詞不能用"呢"。

以上特指問、選擇問、正反問、是非問都是有疑而問，但這四種疑問句形式有時也可以不表達疑問語氣，而表達否定或肯定的口氣，這種無疑而問的句子叫反問句，也叫"反詰問句"。例如：

22　人家主動幫助你有什麼不好？（人家主動幫助你很好）

23　你是來幫忙的，還是來起哄的？（你真是來起哄的）

24　你還講不講理了？（你真不講理）

25　難道你有錢沒地方花嗎？（你別這麼亂花錢）

上面的例子借疑問的形式，加強了肯定或否定的口氣。疑問形式相當於一個否定詞，因此，反問句的形式和內容相反，即以肯定的形式（無否定詞）表示否定，或以否定的形式（有一個否定詞）表示肯定。

（三）祈使句

祈使語氣用來要求或希望別人做什麼事情或不做什麼事情。**表示祈使語氣的句子叫祈使句。**祈使句的語調都用降調。例如：

01　舉起手來！

02　別出聲！

03　千萬別大意！

04　再給我拿瓶啤酒！

上面的例子分別表示命令、禁止、勸告、請求的口氣。如果要說得比較委婉，就可以用"請"、第二人稱尊稱形式"您"，或者用語氣詞等來表示。表示請求的口氣常用"吧"，表示勸告的口氣常用"啊"。例如：

05　請進！

06　您就甭說了！

07　你要好好休息啊。

08　把窗戶開一下吧。

祈使句的主語一般是第二人稱"你（您）、你們"，即聽話人，這種主語往往可以省去不說，因為聽話人總是出現在實際語境中。祈使句的主語也有不是第二人稱的。例如：

09　咱們開始吧！

10　三班的跟我走！

11　大家別客氣啊！

在有些語用環境中，如標語或口號語體等，祈使句習慣上不出現主語。例如：

12 小心滑倒！

13 喝酒不開車，開車不喝酒！

14 把中山大學建設成世界一流水平的大學！

（四）感嘆句

感嘆語氣用來抒發某種強烈感情。**表示感嘆語氣的句子叫感嘆句**。感嘆句的語調通常用降調。語氣詞常用"啊"，句末常用嘆號。例如：

01 我的老天爺呀！

02 可把我給嚇壞了！

03 真不像話！

04 太棒了！

05 唉！天知道！

06 煩死了！

07 呸！

上面的例子分別表示驚訝、恐懼、氣憤、高興、無奈、厭惡等口氣。感嘆句中常用"真、太、多、多麼、好"等表示程度高的詞語，也常用嘆詞來獨立成句，如例 05 的"唉"、例 07 的"呸"。

二、 句法成分的省略

在一定的語境裡，根據語用需要，說話時往往會省略一些聽說雙方都清楚的成分。如果離開了相應的語境，意思就會不清楚，必須補出被省略的成分才行，而且只有一種補出的可能。這就是省略。例如：

01 魯大嘴拿起高中的課本，˘沒看幾頁，˘便開始犯暈。（有"˘"的地方表示有所省略。這裡省略了"魯大嘴"）

02 ˘快出村口時，˘回頭再看一眼自己住了十多年的老屋，劉華生的心裡一陣酸楚。（省略了"劉華生"）

上面例子中的省略是在上下文中出現的。其中，例 01 是前頭說過，後頭省略，這叫"承前省"。例 02 是因後頭就要說到，所以前頭省略，這叫"蒙後省"。

03 問：你去珠海嗎？
答：˘去˘。（先後省略了"我""珠海"）

04 甲：你的攔網技術不錯啊。
乙：˘比您差遠了。（省略了"我的攔網技術"）

上面例子中的省略是在對話中出現的，也叫"對話省"。

需要注意的是，省略不同於隱含。在某些句子中，有些成分無法準確補出或補出的可能性不止一種，但是聽說雙方都能感覺到這個成分的存在，這種現象就叫隱含，如："門上寫着四個字：禁止入內。""禁止"前後都隱含某種語義成分，但無法準確補出，或不止一種補出可能。

三、 句法成分的倒裝

　　漢語句法成分的排列次序是主語在前，謂語在後；定語、狀語在前，中心語在後等。但有時為了語用的需要，在句子中可以特意改變句子成分的次序，如把主語放在謂語後，定語、狀語放在中心語後。這種語用手段叫倒裝，倒裝的句子也叫變式句。例如：

01　忘鎖門了，我！
02　多可惡哪，這人！
03　好辦哪，這事兒！

上面的例子屬於主謂倒裝，它能使謂語更加突出，主語一般讀得輕一些，有追加的意味。

04　要那種西瓜，沙瓤的。
05　哪兒去了，剛才？
06　下班了，都。

上面的例子屬於定語、狀語和中心語之間的倒裝，它們能使中心語更加突出，定語、狀語往往讀得輕一些，也有追加的意味。
　　書寫時，倒裝的成分之間一般要用逗號分開，給人以清晰而深刻的印象。

四、 常見的句法錯誤

（一）搭配不當

1. 主語和謂語搭配不當

01　＊該基地每年的無公害蔬菜的生產量，除供應本省及周邊市場外，還銷往甘肅、青海等省。

02　＊隨着改革開放的進一步深入，中國人民的消費觀念、消費水平和消費方式都已經明顯提高和轉變了。

例01中的"生產量"不能"銷往"和"供應"，應去掉"的生產量"。

例02中的"消費觀念、消費水平和消費方式"與"提高和轉變"不能搭配，可改為"中國人民的消費觀念、消費方式已經明顯轉變，消費水平也明顯提高了"。

2. 動語和賓語搭配不當

03　＊各域區力爭在較短時間內基本解決職責範圍內突出的社會治安狀況。

04　＊我們都想為那些失學兒童貢獻自己的愛心和義務。

例03中的"解決"與"狀況"不能搭配，可把"狀況"改為"問題"。

例04中的"義務"不能"貢獻"，應去掉"和義務"。

3. 定語、狀語、補語與中心語搭配不當

05 ＊釀造一斤蜜需採集 50 萬朵的花粉。

06 ＊人們都把眼睛轉向了食品安全問題。

07 ＊上次我們對你的照顧得太不周全了。

例 05 中的"50 萬朵"不能修飾"花粉"，應改為"釀造一斤蜜需採集 50 萬朵花的花粉"。例 06 中不能"把眼睛""轉向食品安全問題"，應改為"人們都把目光轉向了食品安全問題"。例 07 中的"照顧"與"周全"搭配不當，應把"周全"改為"周到"。

4. 主語和賓語意義上不能搭配

08 ＊和平路羽毛球館是經體育局和民政局批准的專門推廣羽毛球運動的團體。

09 ＊重慶的挑花刺繡，與成都一道成為蜀繡的重要產地。

例 08 中的"球館"不是"團體"，應把"團體"改成"場地"。例 09 中的"刺繡"不是"產地"，可把"的挑花刺繡，"刪去。

（二）成分殘缺和多餘

1. 成分殘缺
（1）主語、謂語、賓語殘缺

01 ＊在對手輪番的進攻下，造成了球門一次又一次的險情。

02 ＊她整天在家洗衣、煮飯、帶孩子等瑣碎的家務活。

03 ＊依據紀律處罰辦法，決定給予該隊員停止參加今年餘下所

有甲級隊比賽資格。

例 01 中由於濫用介詞造成了主語殘缺，應去掉“在”和“下”。
例 02 中的“洗衣、煮飯、帶孩子等瑣碎的家務活”前缺少了動語，
應加上動詞“幹”。例 03 中的“停止參加今年餘下所有甲級隊比
賽資格”不能充當“給予”的賓語，應在“資格”後加上中心語“的
處罰”。

（2）定語、狀語、補語殘缺

04 ＊這篇論文闡明了重要性。

05 ＊在這個人口不足百人的小村落裡，大學生們同吃同住同
勞動。

06 ＊院子裡的小樹長了。

例 04 中“重要性”前缺少定語，應根據上下文加上適當的定語，如
“語用的”。例 05 實際上想表達的是與當地村民“同吃同住同勞
動”，應在“大學生們”後加上“與村民”。例 06 中“長”後缺少
了補語，可改為“長高了”。

2. 成分多餘
（1）主語、謂語、賓語有多餘成分

07 ＊我這次考不好的原因，是因為我沒有仔細審題。

08 ＊村長負責掌管全村的行政事務。

09 ＊人與人不同的生活軌跡編織成這大千世界的紛繁的生活。

例 07 謂語中已經有“是因為”，主語中“的原因”多餘，應刪去。
例 08 謂語中的“負責”“掌管”的意思差不多，可去掉一個。例 09

中"這大千世界的紛繁"作為賓語,意思已經完整,後面"的生活"多餘。

   (2)定語、狀語、補語有多餘成分

  10 ＊為了那個孩子,這個年輕的小夥子毫不猶豫地跳進了波濤洶湧的江水中。

  11 ＊有些上班族甚至連下個月的飯費都提前預支了。

  12 ＊為了精減字數,文章不得不略加修改一下。

例10中"小夥子"自然是"年輕的",這個定語多餘,應刪除。例11中的"預支"已包含"提前"的意思,狀語"提前"多餘,可刪除。例12中的"略"已有"一下"的意思,可刪除補語"一下"。

(三)語序不當

1.定語、狀語和中心語的位置用錯

  01 ＊中國手工藝品的出口,深受西方國家人民的喜愛。

  02 ＊一群小朋友玩耍在小溪旁邊。

例01中受喜愛的是"手工藝品",應改為"中國出口的手工藝品"。例02中應該把"在小溪旁邊"提前,做"玩耍"的狀語。

2.定語、狀語位置用錯

  03 ＊請柬的封套上古色古香地印着青銅器。

  04 ＊教師應該激發學生學習的充分的主觀能動性。

例 03 "古色古香" 是修飾 "青銅器" 的，應改為 "印着古色古香的青銅器"。例 04 的 "充分" 不能修飾 "主觀能動性"，應改為 "應該充分地激發學生學習的主觀能動性"。

3. 多層定語、狀語語序不當

05 ＊這批竹簡是兩千多年前新出土的文物。

06 ＊我們為弄清一段史實，專門在他出院後不久採訪了他。

例 05 中的 "兩千多年前" 是直接修飾 "文物" 的，應改為 "這批竹簡是新出土的兩千多年前的文物"。例 06 中 "在他出院後不久" 是表示時間的狀語，應放在表示情狀的狀語 "專門" 的前面。

（四）句式雜糅

1. 兩種說法混雜

01 ＊今天的成績，靠的是全體師生共同努力所取得的。

02 ＊客房內均配備有電腦、電視、電話、音響、吧枱、小冰箱等應有盡有。

例 01、02 把一個事情的兩種說法揉在了一起，修改時可取兩種說法中的一種。例 01 應改為 "今天的成績，靠的是全體師生共同的努力" 或 "今天的成績，是全體師生共同努力所取得的"。例 02 應改為 "客房內均配備有電腦、電視、電話、音響、吧枱、小冰箱等" 或 "客房內電腦、電視、電話、音響、吧枱、小冰箱等應有盡有"。

2. 前後牽連

03 ＊當收到公司嘉獎令的時候，大家有一種既光榮又愉快的感覺難以形容。

04 ＊他創造性地豐富了書法的表現力是難能可貴的。

例 03、04 把前一句的後半句用做後一句的開頭，把兩句話連成了一句話，造成了前後牽連。例 03 應改為"當收到上級嘉獎令的時候，大家有一種既光榮又愉快的感覺，這種感覺難以形容。"例 04 應改為"他創造性地豐富了書法的表現力，這是難能可貴的。"

複習與練習（七）

一、 複習題

1. 舉例說明句子的語氣類型有哪幾種。

2. 舉例說明疑問句的類型有哪幾種。

3. 什麼是反問句？反問句和一般的疑問句有什麼區別？

4. 什麼是省略？它與隱含有什麼區別？

5. 舉例說明什麼是倒裝。

6. 常見的句法錯誤有哪幾種類型？

二、 練習題

1. 請按要求改動以下句子。

（1）我一定會去！（改成雙重否定句）

（2）買黃金比買美元強。（改成反問句）

（3）能讓一讓嗎？（改成祈使句）

（4）他才十二歲！（改成倒裝句）

（5）我吃了榴槤以後，我覺得榴槤不好吃。（改成省略句）

2. 以下句子存在錯誤，請改正並說明理由。

（1）狗能嗅出爆炸物，是經過專家們的長期訓練而獲得的。

（2）他們最終選擇放棄了進軍手機業務。

（3）大家懷着一顆敬佩的心情去醫院看望受傷的勇士。

（4）這是一個無疑的英明決策。

（5）那裡有肥沃的大片土地。

（6）大家高興得把他送走了。

（7）對這種嚴肅的問題，你應該稍微深思熟慮一下以後再發表意見。

（8）我們為大學生安於學習而欣慰。

（9）迎面吹來的一陣寒風，不禁使我打了寒噤。

（10）對於網絡用語應該如何規範的問題上，我們曾經展開了激烈的爭論。

（11）博而專的知識積累是我們能否寫出好文章的關鍵問題。

（12）泰和豆豉相傳原產於江西泰和鎮而得名。

課程延伸內容

句子語氣和表達功能

　　句子的語氣和句子整體的表達功能通常是一致的。簡單地說，就是陳述句的功能是陳述，疑問句的功能是疑問，感嘆句的功能是感嘆，祈使句的功能是祈使。但為了表達的需要，有時句類跟句子的功能並不對應。例如：

01　我沒去，我怎麼知道她在不在場呢？

02　你這麼做，還要不要命了？

上面兩例，形式上是問句（反問句），實際上是陳述某種觀點，語氣比用陳述句更強烈些。這就是用疑問形式來表述陳述意思的反問句。

03　什麼是語法？簡單地說，就是組詞造句的規則。

04　他知道這事嗎？當然知道，只不過他不說而已。

上面兩例是自問自答，叫設問。

05　你能把門打開嗎？

06　別人都走了，你怎麼還不走？

上面兩例表面上是問句，實際上表達了請求或勸說。這是用疑問形式來表述祈使意思。

一般情況下，句子的語氣類型有它形式上的特徵，而且對應於句子的整體表達功能。而上述這種句子語氣類型與句子的整體表達功能不對應的情況，卻有它特殊的語用價值，如例 05 "你能把門打開嗎？"具有商量的口氣，比 "請你把門打開" 更加委婉，禮貌含量也更高，儘管後一句有 "請" 字。

第八節 複句

一、 什麼是複句

複句由兩個或兩個以上的分句再加上一個貫穿始終的句調構成。複句中的分句，既相對獨立，又相互依存。例如：

01 她聽到樓道裡人來人往，看看鬧鐘已經九點了，這才懶洋洋地爬起來，去敲隔壁伍靜的門。

上例中的複句包含四個分句，每個分句都互不充當對方的句法成分，具有相對的獨立性，分句之間用逗號隔開。但同時這四個分句之間又是相互依存的，它們之間存在邏輯語義關係，這裡具體體現的是時間上的先後關係。這種先後關係在形式上可以靠關聯詞語來明確，如第三個分句的 "才"；還可以在第二個分句和第四個分句前分別添加表示先後關係的關聯詞語 "接着" "然後" 等，即 "她聽到樓道裡人來人往，接着看看鬧鐘已經九點了，這才懶洋洋地爬起來，然後去敲隔壁伍靜的門"。這四個分句之間還因相互依存而承前省略了後三個分句的主語 "她"。

有時候，複句和單句在表面上看起來相像。例如：

02 因為一點小矛盾，彼此就不再來往了。

03 因為鬧了一點小矛盾，彼此就不再來往了。

儘管這兩例中都有"因為……就……"，但我們仔細分析會發現，例 02 中的"因為一點小矛盾"是全句的狀語，"因為"介引了名詞性短語"一點小矛盾"，是介詞，整個句子是單句。而例 03 中的"因為鬧了一點小矛盾"則是表原因的分句，"因為"的後面是謂詞性短語，"因為"是連接分句的連詞，整個句子是表因果關係的複句。又如：

05 我始終堅持認為，雷鋒精神不但沒有過時，而且永遠也不會過時。

04 雷鋒精神不但沒有過時，而且永遠也不會過時。

例 04 是複句，而例 05 中"雷鋒精神不但沒有過時，而且永遠也不會過時"充當"認為"的賓語，整個句子是單句。

在複句中，關聯詞語是分句間邏輯語義關係的形式標記。各類複句都有常用的關聯詞語，有些是單用的，有些是配套的。在複句中使用了關聯詞語的，叫關聯法。有些時候，尤其是口語中，複句也可以不使用關聯詞語，這叫意合法。

二、 複句的類型

複句可以按分句間的邏輯語義關係分成兩大類。**一類是聯合複句，各分句間意義上平等並立、無主從關係；另一類是偏正複句，各分句間意義上不平等並立、有主從關係。**偏正複句由正句和偏句組成。一般來說，偏句在前，正句在後。這兩大類複句還可再分為十小類，見"複句分類簡表"。

大類	小類	典型關聯詞語	例句
複句 聯合複句	並列	（也）……也……	你（也）去，我也去。
	順承	首先……接着／然後……	首先你去，然後我去。
	解説	就是（説）……	你去，就是説我不去了。
	選擇	（是）……還是……	（是）你去，還是我去？
	遞進	不但……而且……	不但我去，而且你也去。
偏正複句	條件	只有……才……	只有你去，我才去。
	假設	如果……就……	如果你不去，我就不去。
	因果	因為……所以……	因為你去，所以我也去。
	目的	為的是……	我不去，為的是讓你去。
	轉折	雖然……但是……	雖然你去，但是我不去。

（一）聯合複句

1. 並列複句

兩個或幾個分句說明有關聯的幾件事情或一個事情的不同方面。這類複句包括平列式、對照式兩種。

平列式複句前後分句之間是平列關係。關聯詞語以"既……又……"為代表。其他關聯詞語還有"既……也……""又……又……""也……也……""一邊……一邊……""一面……一面……""一方面……另一方面……"等。例如：

01 通過宏觀調控，既保持了經濟快速發展的良好勢頭，又糾正了經濟增長中的不健康因素。

02 這種雞，既可以像飼養普通雞那樣進行籠養，也可以放養。

03 這個國家的政府一方面譴責美國對伊拉克的軍事佔領，另一方面又主動向美國控制下的伊拉克臨時管理委員會示好。

04　他一邊上學，一邊打工掙學費。

有時也只出現一個"又"或一個"也"。例如：

05　地球繞着太陽公轉，同時又繞着自己的地軸不停地自轉。
06　我媽媽姓馮，我爸爸也姓馮。

也有一些平列式不用關聯詞語。例如：

07　我是中大的學生，他是中大的老師。
08　風停了，雨住了。

對照式複句前後分句之間是對照關係。典型關聯詞語是"不是……而是……""是……而不是……"等。例如：

09　作家的責任不是用虛構的故事去迎合讀者的趣味，而是要探索現實，批評現實。
10　考試是手段，而不是目的。

有時也可只用一個"而是"或"而不是"等。例如：

11　不應該只看個別動作像不像，而是要看舞蹈中表現的情感可能不可能存在。

也有一些對照式不用關聯詞語。例如：

12　你走你的陽關道，我走我的獨木橋。

2. 順承複句

兩個或幾個分句按順序說出時間、空間或在邏輯事理上具有先後關係的幾件事情。典型的關聯詞語是"（首先）……接着／然後……"等。例如：

13 首先於一九四零年十月間重開滇緬路，接着派了一些在敦刻爾克撤退下來的殘兵敗將來中國學習游擊戰。

14 我衝他笑了笑，然後繼續唱着歌。

"才""就""一……就""便""又""於是"等也可以用來表示順承關係。例如：

15 他在村子裡各處仔仔細細地看了個遍，這才上車。

16 冬天過去了，春天就會來到。

17 剛一進門，我就發現今天氣氛不太一樣。

18 我看了會兒電視，又聽了會兒音樂，才回房睡覺。

有些順承複句不用關聯詞語。例如：

19 我下了樓，在門口買了幾個大紅桔子，塞在手提袋裡，踏着歪斜不平的石板路，走到那小屋的門口。

20 我讓她坐進我的三七炮位裡，給她扣上我那沉重的鋼盔，告訴她這炮火力相當猛烈。

3. 解說複句

分句間有解釋或總分關係，往往是後一分句解說前一分句。典型的關聯詞語是"換句話說""（也）就是說""即"等。例如：

21 這一次，投資者僅僅是 "有望收回成本"，換句話說，很可能賠本！

22 文化活動可以導致人們的行為趨同，就是說，人們的心理狀態在文化的作用下呈現出一致性。

有時也可以不用關聯詞語。例如：

23 每個符號對應一種意義，兩個或幾個符號意義相同，或一個符號表示幾種意義的情況不存在。

24 通貨膨脹是一種貨幣現象，過量的貨幣追逐有限的商品。

解說複句還有一種情況是總分解說。例如：

25 他有兩個兒子，一個是記者，一個是公務員。

26 下課後，大家有的在踢毽子，有的在打乒乓球，還有的在跑步，都在積極鍛煉身體。

前一例是先總說後分說，後一例是先分說後總說。

4. 選擇複句

分句之間有選擇關係。共分兩種，一種是未定選擇，分別說出兩種或幾種可能的情況，讓人從中選擇；一種是已定選擇，即已選定一種，而捨棄另一種。

未定選擇，典型的關聯詞語是 "或者……或者……" "是……還是……" "要麼……要麼……" "不是……就是……" 等。例如：

27 在困難面前，或者當個懦弱的逃兵，或者做個勇猛的戰士。

28 畢業後，要麼讀研，要麼出國留學。

29 是主動迎接挑戰，還是高掛免戰牌？

30 冬至以來，這裡不是下雨，就是下雪。

有些關聯詞語也可以單用。例如：

31 度假我們去海南，還是去馬爾代夫？

32 我們在哪些地方做得不對，或者不夠令人滿意？

已定選擇，典型的關聯詞語是"與其……不如……""寧可……
也不……"等。例如：

33 這次活動與其說是在培養孩子們的吃苦精神，還不如說是
給他們一次體驗集體生活的機會。

34 寧可血戰到底，也不放棄每一寸陣地！

35 這個大男孩，寧可靜靜地坐着觀察蟻群，也不願去跟夥伴們
爬樹。

36 許多人寧願花幾百塊錢去吃一頓飯，也不願意花十幾塊錢
買一本書。

關聯詞語有時也可只用一個"不如"。例如：

37 當官不為民做主，不如回家賣紅薯。

38 錢放在手裡貶值得太厲害，還不如拿出去投資。

5. 遞進複句

後面分句在程度、範圍、數量等方面比前面分句有更進一層的
意思。典型的關聯詞語是"不但 / 不僅 / 不光……而且……"，這是
一般遞進關係。例如：

39 做群眾演員不但是未來做主角的必經之路，而且是在北京生存的打工方式之一。

40 這樣不僅可以幫人家解一時的燃眉之急，還可以借機先鍛煉一下自己。

41 不光大家都省事，你自己也可以少跑兩趟嘛。

關聯詞語"而且""甚至""並且"等也可以單用。例如：

42 這讓他沒了面子，而且還給他帶來了不小的經濟損失。

43 這下子把我們所有的人都嚇傻了，那個叫五哥的鼓手，甚至還當場哭出了聲。

44 不知不覺我學會了廣州話，並且說得還不錯。

除了一般遞進外，還有一種襯托遞進，即其中一個分句意思上襯托另外一個分句。典型的關聯詞語是"尚且……何況……""別說……連……"等。例如：

45 在懸崖峭壁間開闢出一條路來尚且不易，更何況是建寺修廟！

46 實際上，當地政府多年來對市場別說干預，連輔助性的行為都很少。

"尚且""何況"等也可以單用。例如：

47 2001 年的白廟尚且如此貧窮，六年之前就更是可想而知了。

48 回家過年太麻煩了，何況我還沒在廣州過過春節。

（二）偏正複句

1.條件複句

偏句提出條件，正句說出在滿足條件後產生的結果。條件複句分為三種。

第一種是充分條件複句，即有了某個條件，就一定有某種結果。典型的關聯詞語是"只要 / 只需 / 一旦……就 / 便……"等。例如：

01　只要她一去接電話，孩子就會大哭大鬧。
02　一旦有機會，就要全力以赴。

偏句前也可不出現關聯詞語。例如：

03　有我楊某在，你就別想翻天！

第二種是必要條件複句，即有了某個條件，不一定有某種結果，但沒有該條件，就一定不會有該結果。典型的關聯詞語是"只有……才……""除非……才 / 否則……"等。例如：

04　只有做了廣泛深入的調查研究，才可能得出讓人信服的結論。
05　唯有加深瞭解，才能相互信任與合作。
06　除非能證明他當時在現場，否則此事與他無關。

"否則""要不然"等也可以單用在正句前。例如：

07　必須儘快改變現狀，否則我真的沒有出路了。
08　每次出差回來都得給她帶禮物，要不然就一定給你臉子看。

第三種是無條件複句，即在任何條件下，都會產生某種結果。典型的關聯詞語是"無論／不管……都／總是……""任憑……都……"等。例如：

09　無論遇到什麼困難，我們都不能自亂陣腳。
10　不管你說什麼，他總是聽不進去。
11　任憑風吹浪打，都毫不動搖。

　　條件複句一般是偏句在前，正句在後。但出於某種語用需要，也可以將它們倒置。例如：

12　我一定把駕駛執照考下來，只要你給我時間。
13　她堅決不去，除非你陪她去。
14　中國不首先使用核武器，不管是面臨核威脅或者是面臨核訛詐。

　　上面例句中，偏句在後，正句在前。這時，正句在語勢上得到了加強，偏句則凸顯了補充說明的作用。這樣的情況也常出現於其他偏正複句中。

2. 假設複句

　　偏句提出假設，正句表示假設實現後產生的結果。假設複句分為兩種。一種是偏句與正句語意上相一致，即假設某種情況成立，就會產生某種結果。典型的關聯詞語是"如果……那麼／就……"等。例如：

15　如果是一個貪圖物質享受的人，他就不會天天把自己關在書齋裡做學問了。

16 倘若來不及逃跑，它就會使出裝死的伎倆。

17 假使真的沒有文明和文化，那麼這個世界就像個未成品。

偏句前也可不出現關聯詞語。例如：

18 一週之內再不把校對稿交給出版社，他們就要改變出版計劃了。

偏句後加"的話"也能表示假設。例如：

19 明天下雨的話，活動就會泡湯。

另一種是偏句與正句語意上相背，即假設某種情況成立，原有結果也依然不變。典型的關聯詞語是"即使／哪怕／就算／再……也……"等。例如：

20 即使是海中的龐然大物——鯨，遇見體長達十餘米的大烏賊也難對付。

21 就算前面是地雷陣，我也要一往直前。

22 哪怕全家反對，我也要去當兵！

23 孫悟空本事再大，也逃不出如來佛的手掌。

偏句的關聯詞語也可不出現。例如：

24 現在半夜三更回家，也不用擔心安全問題。

25 有一分希望，就要付出一百分的努力。

假設複句也有偏句在後正句在前的情況。例如：

26 他們永遠不會得到受害國的原諒，如果他們不真心悔過並道歉的話。

27 我一定要爭取這次機會，即便是花錢跑一趟。

3. 因果複句

偏句表示原因或理由，正句表示結果。因果複句分為說明因果關係和推論因果關係兩種，前者的因果關係主要是說明性的，後者的因果關係主要是推斷性的。

說明因果複句典型的關聯詞語是 "因為 / 由於……所以 / 因此 / 因而……" 等。例如：

28 因為做過多年的幼稚園老師，所以她深知這些孩子此時最需要什麼。

29 由於對造成事故的主觀原因認識不足，因此導致了此類事故的再次發生。

30 因前一段時間連降暴雨，以致工期一再拖延。

說明因果複句中的關聯詞語也經常單用。例如：

31 我不知道該信哪一種說法，因此也就無法判斷。

32 因為時間太倉促了，他們放棄了這次參賽的機會。

說明因果複句一般是前因後果，但也有相反的情況。例如：

33 我之所以會吃驚，是因為沒想到會在這種地方遇見他。

34 我不常逛街，因為我老沒時間。

另一種是推論因果複句，典型的關聯詞語是"既然……就 / 那麼 / 可見……"等。例如：

35 既然困難這麼多，就不必在這件事上浪費時間了。

36 既然選擇了雪域高原，那麼也就選擇了艱苦奮鬥。

推論因果複句的關聯詞語也有單用的。例如：

37 切菜都不會，可見你不會做飯。

38 既然那麼高調參賽，他怎麼會輕易退賽呢？

4. 目的複句

偏句表示行為，正句表示行為的目的。目的複句可分為求得和求免兩種。求得目的複句的典型關聯詞語是"……以便 / 為的是 / 以求 / 借以……"等。例如：

39 科學家正在努力探索這一奧秘，以便根據它的原理來研製新的導航儀器。

40 全組人員正在馬不停蹄地準備材料填寫各種表格，以求能夠按時向有關部門遞交項目申請書。

41 阿勇整天躺在床上看雜誌、聽音樂，借以打發這茫然無聊的日子。

42 這次中國隊派出的全是新人，為的是鍛煉隊伍。

求免目的複句的典型關聯詞語是"……以免 / 免得 / 省得 / 以防……"等。例如：

43 物業公司要加強防火設施的維修和保養，以免再次發生警報誤響的事件。

44　應該堅持實地調查，免得被二手資料所蒙蔽。

45　離遠點兒，省得傷着你。

46　村民自發組織起巡邏隊，以防不測。

5. 轉折複句

　　正句和偏句語意上相反或者相對。轉折複句可分為重轉、輕轉、弱轉三種。重轉是先讓步後轉折，轉折意味很強，關聯詞語一般前後配套使用，典型的是"雖然／儘管／固然……但是／但／然而／卻……"等。例如：

47　雖然金融風暴使許多國家的國民經濟出現了下滑現象，但是中國的國民經濟仍然保持了較快的增長。

48　詹先生雖然可以給她帶來物質上的富足，卻無法給她帶來真正的幸福。

49　儘管他贏得了冠軍，可是沒有贏得人們的尊重。

50　這段描寫固然有些誇張，但中國古代寶刀、寶劍之鋒利，確非虛傳。

　　輕轉的轉折意味相對輕一些，正句前往往單用"但是""然而""可是""卻""可"等關聯詞語。例如：

51　那個高個子肯定是乙班的，但是我想不起他叫什麼名字。

52　陽春四月，平原地區的桃花早就凋謝了，可是這裡卻仍然是一片緋紅，桃花含苞欲放，艷麗多姿。

　　弱轉的轉折意味更輕，正句前往往單用"只不過""只是""不過""倒"等關聯詞語。例如：

53 那今晚我請你去看電影好了，只是不知道你的女朋友會不會介意。

54 不知道這句話是誰說的，不過，這並不重要。

55 動物冬眠時，新陳代謝並未停止，只不過非常緩慢。

轉折複句的正句有時也可在前。例如：

56 我覺得佳艷的德語水平遠在我之上，雖然我的考試成績比她高。

57 他逃脫不了法律的制裁，儘管他爸爸是李剛。

轉折複句比較特殊，它的關聯詞語 "卻" 等可以跟表並列、條件、因果、假設等關係的關聯詞語共現，形成一種混合關係複句。例如：

58 這人一面對我言聽計從，一面卻又在背後搞小動作。（並列＋轉折）

59 他不但沒有和大家一起撤離，相反卻留下來參加了搶險隊。（遞進＋轉折）

60 如果說過去還有點糊塗，那麼今天卻已經是完全清醒了。（假設＋轉折）

61 既然情況都瞭解清楚了，為什麼卻還要死抓住人家這些小問題不放呢？（因果＋轉折）

62 不管我們如何好說歹說，他卻仍然是無動於衷。（條件＋轉折）

三、 多重複句與緊縮句及其分析

（一）多重複句分析

　　複句分為單重複句和多重複句。"重"就是層次，"多重"就是不止一個層次。例如：

01　　（1）有人由於不講邏輯，（因｜果）（2）因此對別人不合邏輯的言論，不但不能覺察它的荒謬，（遞‖進）（3）反而隨聲附和，（並‖列）（4）人云亦云。（表示關係的文字如"並列"也可放在豎線的頂上）

　　這個複句是三重複句，由四個分句組成，第一個層次是因果關係，第二個層次是遞進關係，第三個層次是並列關係。如下圖所示：

　　以上兩種圖示，上面一種是線性圖示，下面一種是層次圖示。線性圖示的層次符號用豎線，"｜"是第一層，"‖"是第二層，依次類推。分析時，每一層都標明是什麼關係。層次圖示直觀地反映出該複句內的各層次，每一層次的分句間標明是什麼關係。線性圖示比層次圖示操作上更加方便快捷。

　　與複雜短語的層次分析一樣，多重複句中的某一層次的左邊分句或右邊分句都可能繼續往下分層次，而且聯合複句的構成分句可以不止兩個。例如：

02 （1）王先生收入微薄，（遞‖進）（2）而且上有父母，（並‖‖列）（3）下有子女，（解‖說）（4）家庭負擔不輕，（轉|折）（5）但是，為人慷慨大方，（解‖說）（6）經常幫助比他更困難的朋友。

03 他下了樓，（順|承）在門口買了幾個麵包，（順|承）塞在書包裡，（順|承）然後去了圖書館。

例 02 是四重複句，例 03 是單重複句。

分析多重複句，確定它的層次和關係，有三個要領：（1）逐層剖析。首先，總觀全句的意思，看整個句子應如何分成兩個或幾個構成部分，即找出第一層次，用"|"標明，並確定整體上是什麼關係。然後在"|"的左邊或右邊尋找第二層次，用"‖"標明，並確定在這個層次上是什麼關係。這樣逐層切分，一直切分到單個分句為止。（2）據標判別。根據關聯詞語來判定每個層次上是什麼關係。有時分句間沒有用關聯詞語，可嘗試添加典型關聯詞語來幫助判斷。（3）化繁為簡。要善於把複雜形式化為簡單形式，這樣便於確定多重複句的內部層次和每一層次上的關係。比方說，可嘗試用"這樣""那樣"等代詞指代繁複的內容。如一個複句能簡化成"儘管那樣，但是這樣"，便是轉折複句；如能簡化成"不僅那樣，而且這樣"，便是遞進複句，其餘依此類推。例如：

04 塑料不腐爛分解是一大長處，（因|果）因為當塑料垃圾被深埋時，它永遠不會變成任何有毒的化學物質污染人類生存的環境，（遞‖進）即便是被焚燒，（假‖設）大部分塑料也不會釋放出有毒的氣體。

首先，上例整句的意思可簡化為"因為怎麼樣，所以塑料不腐爛分解是一大長處"，即第一層應切分在第一個分句後，用"|"標記。

第一分句句首可補上"因此"之類，據此可判定第一層是因果關係。再看"|"右邊的部分，可簡化為"不僅這樣，而且那樣"，據此可判定是遞進關係，在"而且"前用"‖"標記。最後，"‖"右邊的部分可簡化為"即使這樣，也那樣"，可判定為假設關係，在"也"前用"‖"標記。又如：

05　我想喊他等等我，（轉‖折）卻又怕他笑我膽小害怕；（並|列）不叫他，（假‖設）我又真怕一個人摸不到那個包紮所，（遞‖進）更怕一個人在那兒打吊針。

首先，整個句子要表達喊他會怎麼樣，不喊會怎麼樣的並列的意思，所以第一個層次應切在第二個分句後，分號"；"是一個標誌。往左看，整體意思是"想喊，卻怕他笑話"，第二個層次自然切在"喊"後"卻"前，並可判定這一層次是轉折關係。往右看，整體意思是"如果不叫他，又會怎麼樣，更會怎麼樣"。"又會怎麼樣，更會怎麼樣"是以"不叫他"為假設前提。因此第二層應切在"不叫他"之後，是假設關係；第三層在剩餘的"又會怎麼樣，更會怎麼樣"兩個分句之間劃分，根據關聯詞語"更"，可判定是遞進關係。

（二）緊縮句

　　由分句與分句緊縮而成的複句。"緊"是指分句與分句之間沒有語音停頓；"縮"是指縮減了某些成分。例如：

01　我一見你就笑。
02　再折騰也沒用。
03　一不做二不休。

緊縮句，仍有複句內部構成成分（分句）之間的邏輯語義關係，如上面例句，分別表示順承、假設和並列關係。

緊縮句中有時也出現某些關聯詞語，形成一些固定格式。例如：

"不……不……"：不說不知道；不到黃河不死心（假設）

"非……不/勿……"：非說不可；非誠勿擾（條件）

"不……也……"：不死也脫層皮；不成也值（假設）

"一……就……"：一喝就醉；一躺下就睡着了（條件或順承）

"因……而……"：因愛而恨；因獲獎而成名（因果）

"……也……"：輸了也高興；鬧緋聞也成了名（假設或轉折）

"……就……"：說了就忘；用用就知道（順承或者假設）

"……又……"：唱了又唱；想說又不敢說（並列或轉折）

此外，還有一些緊縮句採用前後響應的格式，如"有什麼吃什麼""見誰打誰"等。

緊縮句有時也不用關聯詞語，如"瘦身不瘦腦""春暖花開"等。

四、 複句運用中常見的錯誤

（一）分句間不符合邏輯語義關係

01 ＊鄭龍從褲兜裡不慌不忙地掏出手機，嘴裡念着號碼，便將耳朵湊近，然後迅速地撥了一通，等待對方的應答。

02 ＊他不但連一句道歉的話也沒有，而且絲毫沒有悔意，真是太不像話了！

03 ＊他的講話雖然不長，但脈絡非常清晰。

例 01 的第三、四個分句之間沒有按事情發生的先後順序來排列，可改為 "……然後迅速地撥了一通，便將耳朵湊近……"。例 02 的前兩個分句之間應該是遞進關係，但 "絲毫沒有悔意" 不是 "連一句道歉的話也沒有" 進一層的意思，應改為 "他不但絲毫沒有悔意，而且連一句道歉的話也沒有，真是太不像話了"。例 03 的兩個分句之間並不存在轉折關係，應改為 "他的講話不長，脈絡非常清晰"。

04 ＊他不但平時刻苦努力，積極參加各種課外的進修學習班，甚至自學了英語。

05 ＊因為他有豐富的知識和經驗，能幫助我們少走彎路，使我們的工作效率大大提高。

上面兩例是因為缺少了關聯詞語，導致分句間邏輯語義關係不明確。例 04 的三個分句間有遞進關係，前面用了 "不但"，應在後一個分句前加上 "而且"，突出進一層的意思。如果不用 "而且"，會導致不同理解，即不知道 "不但" 只管第一個分句還是管到第二個分句；但從邏輯語義上看，第二個分句是說課外的情況，意思上比第一個分句更進一層。例 05 第一個分句用了 "因為"，後面沒有用 "所以"，也會導致不同理解，一種理解是第一個分句表原因，後兩個分句表結果；另一種理解是第一、二個分句表原因，第三個分句表結果。根據句意應該在第二個分句前補出 "所以"。

（二）關聯詞語使用不當

01 ＊不管心裡有一千個不願意，一萬個不甘心，他還是遵守了約定，離開了這個曾經揮灑過無數汗水的地方。

02 ＊既然你是一個公務員，所以應該遵紀守法，不能搞特殊化。

上面兩例是關聯詞語搭配不當。"不管……還是"表示條件關係，"儘管……還是"表示轉折關係。例 01 應把"不管"換成"儘管"。例 02 的"既然"跟"所以"不能搭配，可以把"所以"改成"就"，表示推論因果關係；或把"既然"改成"因為"，表示說明因果關係。

03 ＊改革先要有開拓精神，然後要有豐富的知識。

04 ＊因為河流，因為山川，因為地球，請放下你破壞環境的手。

上面兩例是錯用了關聯詞語。例 03 中的"開拓精神"和"豐富的知識"不存在時間先後的問題，而是同時具備的兩個方面，例句中的"先……然後"用錯了，應換成"既……又"。例 04 "河流、山川、地球"是目的，而不是原因，所以把分句的"因為"應改為"為了"。

05 ＊不僅中藥能與一般抗菌素比美，而且副作用小，成本也較低。

06 ＊我知道雖然他在騙我，但我還是原諒了他。

上面兩例的關聯詞語放錯了位置。一般來說，如果前後分句的主語相同，關聯詞語應放在第一分句的主語後；如果前後分句的主語不同，關聯詞語應放在第一分句主語前。例 05 兩個分句的主語都是"中藥"（後一分句的主語承前省），因而"不僅"應放在"中藥"後。例 06 兩個分句的主語各不相同，關聯詞語"雖然"應放在主語"我"之前。

07 ＊由於長期做案頭工作，身體雖然發胖了，但四肢無力，行動起來也不靈敏了。

08　＊他性格內向，不愛講話，因而學習上死記硬背，各科成績也都不是很好。

上面兩例多用了關聯詞語。例 07 的 "身體發胖" 和 "四肢無力，行動起來也不靈敏" 不存在轉折關係，"雖然" "但" 應刪去。例 08 中的 "性格內向，不愛講話" 不是 "學習上死記硬背……" 的原因，"因而" 應刪去。

複習與練習（八）

一、 複習題

1. 什麼是複句？複句主要有哪些類型？
2. 什麼是多重複句？怎樣分析多重複句？
3. 舉例說明什麼是緊縮句。
4. 複句中常見的錯誤有哪些？

二、 練習題

1. 用線性圖示的方法分析下列多重複句。

（1）有兩隻小雞爭着飲水，蹬翻了水碗，往青石板上一跳，滿石板印着許多小小的 "个" 字。

（2）他不但細心聽取了我們的意見，而且立刻通知組內成員前來商量，態度甚至比我們還要積極。

（3）我們很多人寫文章時沒有幾句生動活潑、切實有力的話，只有死板板的幾條筋，像癆三一樣，瘦得難看，不像一個健康、有活力的人。

（4）我們無論評價什麼樣的歷史人物，都必須全面地看待，不但要看到他們的歷史功績和貢獻，而且要看到他們負面的過失和影響，否則，就不可能作出全面、客觀的評價。

（5）這座橋分上下兩層，上層是公路橋面，可容納六輛卡車並排通過，下層是鋪設雙軌的複線鐵路，公路和鐵道兩側還有人行道。

（6）雖然是滿月，天上卻有一層淡淡的雲，所以不能朗照；但我以為這恰是到了好處——酣眠固不可少，小睡也別有風味。

（7）有的人能力很強，可是他無心幹事，不負責任，結果，工作效率很低；有的人儘管工作能力較弱，可是他全力投入，勤奮工作，不斷總結經驗，結果，工作成績反倒超過能力很強的人。

（8）每個人都有一條屬於自己的路，或者平坦，或者艱險，或者漫長，或者短暫；每個人的愛情經歷都是值得回味的，或者甜蜜，或者苦澀，或者如願，或者遺憾……

（9）我兩手空空，既不願讓悲鴻知道，以免他焦急，又不願開口向人求助。

（10）月兒在雲中穿行，船兒在湖中蕩漾，風兒拂面而來……

2. 修改下列病句，並說明理由。

（1）對於我們來說，只有學好外語，才能掌握科學技術，趕上世界先進水平。

（2）中國發明的指南針，不僅促進了世界文明的發展，而且在航海事業中也很有實用價值。

（3）儘管你有多大的本領，也不能改變自然規律。

（4）這本書雖然大致翻一下，也要花相當多時間。

（5）不管是上大學深造，還是在工作崗位上自學，也有可能提高知識水平。

（6）行行出狀元，不管哪一個行業也好，都會湧現出一批拔尖的人才。

（7）為了學好外語，不管收聽外語廣播有很大的困難，他們還是堅持聽下去。

（8）儘管出現什麼情況，老先生熱愛家鄉，資助家鄉辦學的精神，總是值得大家稱讚的。

（9）不論環境惡劣，情況複雜，他們總是能夠想方設法把情報及時送出，一次次出色地完成任務。

（10）可憐的小狗奄奄一息地趴在地上，滿身傷痕，慢慢地停止了呼吸，無力呻吟。

（11）這個作品構思極其大膽，而且一般的人不大容易理解和接受。

（12）他在業餘時間看了許多小說，常常和朋友們一起討論新出版的文藝作品，因此，成了業餘作家。

課程延伸內容

一、 單句與複句的相互變換

　　複句的構成成分是分句。分句稍加修改甚至有時直接帶上語調後，就可以變換成單句，變換前後句子的意思基本不變。因此根據語用的實際需要，可以將比較複雜的單句變換成複句，從而使句子的表意更加縝密，層次更加清晰。例如：

01　教練細心觀察、認真分析比賽現場發生的每一個細節。

02　教練細心觀察比賽現場發生的每一個細節，並認真做了分析。

　　例 01 是單句，"比賽現場發生的每一個細節"充當"細心觀察、認真分析"的共同賓語。例 02 把謂詞性的"認真分析"修改後放在了後面，變成了順承複句，與此同時，"認真做了分析"在這裡得到了強化。

　　又如：

03　他一字不落地把那首長詩全都背了出來。

04　他把那首長詩全都背了出來，一字不落。

　　例 03 是單句，"一字不落"是狀語，句子的強調點在"全都背了出來"。例 04 的"一字不落"變成了解說複句的後一分句，句子的強調點轉移到了"一字不落"上。

05　坐在台下的母親發現，女兒的眼中閃動着淚光。

06　母親坐在台下，發現女兒的眼中閃動着淚光。

例 05 是單句，逗號後的成分是"發現"的賓語。例 06 把"母親"放在句首，變成了順承關係複句。例 05 的視角似乎是在第三者那裡，而例 06 的視角顯然是在"母親"這裡。

也有把複句變換成單句的。例如：

07　狐狸心裡想，我先說些好話哄哄你，讓你放鬆警惕；狐狸心裡又想，等你放鬆警惕後，我再想辦法把你嘴裡的肉弄到手。

08　狐狸心裡想，我先說些好話哄哄你，讓你放鬆警惕，等放鬆警惕後，再想辦法把你嘴裡的肉弄到手。

例 07 是並列複句，由兩個分句組成，兩個分句的後一部分內容都充當"想"的賓語，顯得拖沓。刪去"狐狸心裡又想，等你放鬆警惕後"，變換成單句如例 08，句子就會顯得簡明、通暢。

以上例句說明，單句與複句之間相互變換的辦法多種多樣。在保證句子基本意思不變的前提下，根據上下文的意思對單句、複句進行變換，可達到重點突出、行文流暢、可讀性強等語用效果。

二、複句和句群

句群又叫句組，是比句子更大的概念，它由一組前後銜接連貫的句子（包括單句或複句）組成，有一個明晰的中心意思。句群和複句既有區別，也有相似之處。

（一）複句和句群的區別

第一，從構成看，複句的組成成分是兩個或兩個以上的分句，不管分句多少，它都只是一個句子；句群的組成成分是句子，不管長短，它都由兩個或兩個以上的句子組成。

　　第二，從書面形式上看，複句只有一個句末標點，而句群不止一個句末標點。試比較：

01　白楊在迎風呼號，那是為老漢在嗚咽，還是為這不平在憤怒？
02　朋友們，當你聽到這段英雄事跡的時候，你的感想如何呢？你不覺得我們的戰士是可愛的嗎？你不以我們的祖國有着這樣的英雄而自豪嗎？

例 01 是由兩個分句構成的選擇關係複句，句末用一個問號表示語氣和句末停頓。例 02 是由三個表疑問的句子組成的句群，每個句子都有自己獨立的疑問語調，三句在句末都使用了問號。

　　第三，從關聯詞語的使用方面看，複句中分句組合的結構比較嚴密，常常使用或者可以補上成對的關聯詞語。句群內的句子之間，除表示並列、選擇關係可用成對關聯詞語外，絕大部分只單用一個關聯詞語，而且一般不出現在句群的第一個句子中。例如：

03　風遇到防護林，速度就減少了百分之七十到八十。到了距離防護林等於林木高度二十倍的地方，風速又恢復原來的強度。所以防護林必須是並行排列的許多林帶，兩列之間的距離不要超過林木高度的二十倍。

例 03 是由三個句子組成的句群，除第三個句子前用了關聯詞語 "所以" 以外，第一和第二個句子之間難以添加關聯詞語。但句子中的分句間則容易添加關聯詞語，如第一句可在 "風" 後加 "如果"，第三句可在 "兩列" 前加 "而且"。

（二）複句和句群的聯繫

從構成來看，句群由兩個或兩個以上的句子組成；複句由兩個或兩個以上的分句組成。也就是說，句群和複句都是組合而成的單位，組成句群的句子和組成複句的分句都各自圍繞着一個中心，前後銜接連貫。正因如此，句群和複句有時也可以相互變換。例如：

> **01** 那是力爭上游的一種樹，筆直的幹，筆直的枝。它的幹通常是丈把高，像加過人工似的，一丈以內絕無旁枝。它所有的丫枝一律向上，而且緊緊靠攏，也像加過人工似的，成為一束，絕不旁逸斜出。它的寬大的葉子也是片片向上，幾乎沒有斜生的，更不用說倒垂了。它的皮光滑而有銀色的暈圈，微微泛出淡青色。

這個句群由五個句子構成，都是描述白楊樹的。如果把第一個句號改為冒號（“：”），第二、三、四個句號改為分號（“；”），由一個陳述語調統一全句，書面上整段文字的末尾只用一個句號，這樣，它就變換成了一個解說關係的多重複句。

反之，有時多重複句也可以變換為句群，如把160頁練習（8）中“短暫”和“每個人”之間的分號（“；”）改成句號（“。”），它就變成了句群。

> **02** 每個人都有一條屬於自己的路，或者平坦，或者艱險，或者漫長，或者短暫。每個人的愛情經歷都是值得回味的，或者甜蜜，或者苦澀，或者如願，或者遺憾。

複句和句群之間並不能隨意變換。事實上，能夠相互變換的，它們各自的組成成分不太受上下文語意和結構的限制，獨立性都比較強。

複句關係和常用關聯詞語

聯合複句	並列	平列	合用	既……又……、既……也……、又……又……、也……也……、一邊……一邊……、一面……一面……、一方面……另一方面……
			單用	又、也
		對照	合用	不是……而是……、是……而不是……
			單用	而是、而不是
	順承		合用	首先……然後……、一……就
			單用	……接着 / 然後……、這才、才、便、又、於是
	解說		單用	換句話説、也就是説、即是説
	選擇	未定選擇	合用	或者……或者……、要麼……要麼……、不是……就是……、是……還是……
			單用	或者、要麼、……還是……
		已定選擇	合用	與其……不如 / 還不如 / 倒不如……、寧可 / 寧 / 寧願 / 寧肯……也不……
			單用	還不如、倒不如
	遞進	一般遞進	合用	不但 / 不光 / 不僅……而且 / 還 / 更 / 也……
			單用	而且、更、更加、甚至
		襯托遞進	合用	尚且……何況……、別説……連……
			單用	何況、尚且

偏正複句	條件	充足條件	合用	只要／只需／一旦……就／便……
			單用	就／便
		必要條件	合用	只有……才……、除非……才……、除非……否則……
			單用	否則、要不然
		無條件	合用	無論……都……、不管……總是……、任憑……還……
	假設	一致	合用	如果／若／假使……那麼／就／便
			單用	……那麼／就／便……、的話
		相背	合用	即使……也……、哪怕……也……、就算……也……、再……也……
			單用	也
	因果	說明	合用	因為／由於／因……所以／於是／因此／因而／以致／故……、之所以……是因為……
			單用	因為、由於、所以、於是、因此、因而、以致、故
		推論	合用	既然……那麼……、既然……可見……
			單用	……可見……
	目的	求得	單用	……以便……、以求、借以、為的是、好讓
		求免	單用	……以免……、免得、省得、以防
	轉折	重轉	合用	雖然／雖是／雖說／雖則／固然／……但是／可是／然而／卻……
		輕轉	單用	雖然、但是、可是、然而、卻
		弱轉	單用	只不過、只是、不過、倒

第六章　修辭

第一節　修辭概說

　　修辭是在具體的語境中，恰當地運用語言材料，選擇合適的表達方式，以獲得理想表達效果的一種言語活動。如文學作品中，"月光明亮"是一種普通的表達方式，如果想讓表達形象化，可以說成"月明如水"，如果想讓表達具有詩意，不妨說成"月明如水浸樓台"，這是一種修辭。但在介紹"月光"的說明文中，"月光明亮"這種客觀樸素的表達方式反而更合適，這種選擇也是一種修辭。

　　修辭存在於人們的言語交際活動中。人們使用語言傳情達意時，首先會考慮選擇什麼樣的詞語、什麼樣的句子、什麼樣的表達方式才合適，這是修辭；選擇完之後，他可能會根據實際表達需要，再作出調整、修飾，這也是修辭；他表意時，需要借助各種銜接手段保持上下文語義的連貫性，這還是修辭；面對不同的交際對象、不同的交際場所、不同的交際領域、不同的交際目的、不同的交際內容、不同的交際媒介等，人們需要調整自己的語言表達方式，這還是修辭。因此，只要是人們有意識、有目的地運用語言交際，就是在自覺或不自覺地運用修辭手段了。如下面一則消息：

　　　　國務院今天發佈通告，中國的人口普查從 × 年 × 月 × 日開始，這是中國迄今為止規模最大的一次人口普查⋯⋯

這則消息如果刊登在報紙上供人們閱讀，其語意表達準確、簡潔、明瞭。但如果在電視上通過主持人講出，這樣的表述則會顯得生硬呆板，觀眾聽起來會認為與自己關聯不大，可能就不會關注。中央電視台的主持人在播出時做了如下的修改：

> 觀眾朋友，從 × 月 × 日 × 點開始，可能就會有人敲您的門，他們就是人口普查員，從這時起，您就參與了中國迄今為止規模最大的一次人口普查。

主持人把書面語改為口頭語，用第二人稱代詞"您"稱呼觀眾，拉近了與觀眾的距離，給觀眾的感覺是在說"自己"的事，自然就會關注了。主持人的修改取得了理想的表達效果。這是適應不同的交際對象和不同的交際方式進行的修辭。

修辭的目的就是取得理想的表達效果。所謂理想的表達效果就是在具體的語境中，表達者準確完整地傳遞出自己的意圖，接受者也準確完整地接收並理解了表達者的意圖。修辭過程中，語言材料和表達方式的選擇，應該做到準確、恰當、得體，這是取得理想表達效果的關鍵。

語言運用得好不好，恰當不恰當，其實是對具體語境而言的。脫離了具體語境，修辭效果就無從談起。

語境可分為語言語境和非語言語境，兩種不同的語境在不同的層面上制約着語言的使用。語言語境也稱上下文語境，是指詞語、句子、句群等出現時所有上下文構成的語境。語言語境是語言運用的直接影響因素，它決定着語言表達方式的選擇。

非語言語境指的是除上下文之外的其他影響語言表達的因素，包括了交際雙方、交際方式、時空環境和社會文化環境等。

非語言語境對語言運用的影響是深層次的，如在漢文化語境中，晚輩不能直呼長輩姓名。俗話"到什麼山上唱什麼歌""見什麼人說什麼話"，說的就是交際對象、空間環境、地域文化這些非語言語境對語言運用的影響。

複習與練習（一）

一、 複習題

1. 什麼是修辭？修辭的目的是什麼？

2. 取得理想表達效果的關鍵是什麼？

3. 什麼是語言語境？什麼是非語言語境？它們跟修辭的關係是怎樣的？

第二節　語音修辭

　　漢語是富於音樂美的語言。漢語的音節結構中元音佔優勢，元音具有清晰響亮、悅耳動聽的特點；雙音節詞的大量發展，易於構成整齊的語言形式；音節聲調的高低起伏、平仄交錯的配合，使漢語富有抑揚頓挫的節奏感；再加上漢語中許多雙聲、疊韻、疊音等詞語的存在，為語言形式的選擇提供了有利條件。這些語音形式的反覆再現、巧妙配合，使表達更富藝術感染力。

　　語音修辭主要包括韻腳、聲調、音節的調配以及雙聲、疊韻、疊音等形式的利用。

一、　韻腳的配置與迴環美

（一）押韻、韻腳及其作用

　　把兩個以上韻母相同或相近的音節有規律地放在詩詞歌賦等韻文語句的同一位置上，前後呼應配合，使聲音和諧悅耳，這種現象叫做押韻。由於押韻的位置大都在句末，因此，一般把押韻的音節叫“韻腳”。押韻具有聲韻和諧、節奏悅耳、迴環複查、易於傳誦的修辭效果。押韻不僅是韻文體常用的語音修辭手段，也是散言體如散文、小說、雜文、戲劇等常用的語音修辭手段，更是民間各種文藝形式，如民謠、快板等等常用的語音修辭手段。

（二）押韻的運用

押韻是漢語詩歌的一個基本要求，"五四"運動以後雖然出現了一些不押韻的新詩體，但不是主流。

韻腳在詩歌裡，對於思想、感情和意境的表現有重大的作用，它是加強節奏的一種有效手段。韻腳通過前後押韻音節的呼應，不僅具有聯繫各詩行，突出意義內容的作用，而且還能夠使詩句增加音樂美感。例如：

01　如果你一定要走
　　我又怎能把你挽留
　　即使把你留住
　　你的心　也在遠方浮游

　　如果你注定一去不回頭
　　我為什麼還要獨自煩憂
　　即便終日以淚洗面
　　也洗不盡　心頭的清愁

　　要走你就瀟灑地走
　　人生本來有春也有秋
　　不回頭　你也無需再反顧
　　失去了你　我也並非一無所有　　　　（汪國真《如果》）

例 01 押 "ou" 韻，字音響亮，朗朗上口，富有音樂性，渲染出一種濃厚的離別氣氛，扣動人們的心弦，從而引起人們的共鳴。沒有韻腳，詩的思想、感情和意境難免顯得鬆散、零亂。比較長的詩裡，如果沒有韻腳，容易引起讀者的疲勞感，心理上的預期缺少一個落腳處。

　　押韻有時也用在散文中，對於增強感染力，提高表達效果同樣具有積極作用。例如：

02　真好！朋友送我一對珍珠鳥，放在一個簡易的竹條編成的籠子裡，籠內還有一卷乾草，那是小鳥舒適又溫暖的巢。

（馮驥才《珍珠鳥》）

　　例 02 中"好""鳥""草""巢"都押"ɑo"韻，取得了很好的聲響效果，突出了作者的喜悅心情。

　　除了詩歌和某些散文以外，其他韻文體裁，如歌曲、順口溜、諺語、快板、童謠、戲劇唱詞等，都很講究韻腳的和諧。如歌曲：

03　我和我的祖國，一刻也不能分割！無論我走到哪裡，都流出一首讚歌，我歌唱每一座高山，我歌唱每一條河。裊裊炊煙，小小村落，路上一道轍。我最親愛的祖國，我永遠緊依着你的心窩，你用你那母親的脈搏，和我訴說。

（張藜《我和我的祖國》）

童謠：

04　公園裡，花兒開，
　　　紅的紅，白的白，
　　　花兒好看我不摘，
　　　大家誇我好乖乖。　　　　　（葉欣原《兒歌大全》）

諺語：

05 上有天堂，下有蘇杭。

06 台上三分鐘，台下十年功。

07 一寸光陰一寸金，寸金難買寸光陰。

押韻在廣告語中也用得非常普遍，如"鑽石恆久遠，一顆永流傳""小草微微笑，請你旁邊繞""說好普通話，方便你我他"等。

二、 聲調的配搭與抑揚美

聲調的配搭是指連續的音節之間聲調要有高低抑揚的變化。主要表現在音高的平、升、曲、降上。古代漢語的聲調分為平、上、去、入四聲，簡分為平仄二聲，平屬平聲，上、去、入屬仄聲。現代漢語的聲調分為陰平、陽平、上聲、去聲四種，陰平、陽平合稱平聲，上聲、去聲合稱仄聲。一般來說，平聲聲音高昂、悠長，仄聲聲音曲折、低抑、短促。在連續的音節中，如果能夠做到聲調協調，平仄相間，就會產生抑揚頓挫、高低起伏的聲音效果，從而構成錯落有致、節奏鮮明的韻律，大大增強語音的音樂性。相反，在連續的音節中，如果不講究平仄相間，而是將一長串平聲音節或仄聲音節排在一起，不但讀起來費勁，聽起來也顯得單調、沉悶，缺少音樂美感，如"張芳她媽媽家週三中餐吃燒雞。""上月爸爸特意讓弟弟做這四道算術作業。"前一例全是平聲，後一例全是仄聲，讀的時候不上口，聽覺上也不協調、不自然。

在古代詩詞格律中，平仄是一個重要因素。格律詩對平仄的要求很嚴格，平仄安排的情況可以概括為："同句中相互交替，對句中彼此對立"。這也就是說，在同一個句子中平聲字和仄聲字間隔出現；在上下句之間相對應的音節平仄對立。這兩大類聲調在詩詞中有規律地交替使用，形成詩詞音調抑揚起伏，悅耳動聽的音樂美。例如杜甫《春望》：

01 國破山河在，〔仄仄平平仄〕
城春草木深。〔平平仄仄平〕

例 01 中，同一句子的平聲字和仄聲字相互交替出現，在對仗句中是相互對立的，這種聲調平仄的變化，聽起來抑揚頓挫，跌宕起伏。

在現代詩文中，對平仄的要求雖然不像古代格律詩那麼嚴格，但在選詞用字時，若能照顧平仄的交替和對應，也能獲得詩文節奏抑揚有致的美感。例如：

02 雲中的神啊，霧中的仙，
神姿仙態桂林的山！
情一樣深啊，夢一樣美，
如情似夢漓江的水！　　　　（賀敬之《桂林山水歌》）

例 02 前兩行句末的 "仙" 和 "山" 是平聲，後兩行句末的 "美" 和 "水" 是仄聲。"神姿仙態桂林的山" 和 "如情似夢漓江的水" 兩句如果不計襯字 "的"，它們的聲調組合分別是 "平平平仄仄平平" 和 "平平仄仄平平仄"。這樣就使得語句聲調平仄相間或相對，抑揚起落，聲律優美，聲音與情感內容達到了和諧統一。

對偶句式一般都要求平仄對應，抑揚交錯，講究聲調和諧，這樣有助於突出內容，幫助人們記憶。例如：

03 板凳要坐十年冷，文章不寫一句空　　（范文瀾自勉聯）
04 陽台觀鳶尾　庭院賞米蘭　　　　　　（新聞標題）

05　　立健全完備之規　　造長治久安之勢　　　　　　（新聞標題）

這些對偶的例子，各音節平仄聲調幾乎完全對應。

　　散文不像韻文那樣講究平仄調配，聲調和諧，但在一些並排的、整齊的句式中，如果注意平仄協調，也能夠增強文章的感染力。例如：

06　　想眺望故鄉的山岡，我爬到了阿里山上，只見茫茫雲海，雲海茫茫。想尋覓故鄉的小溪，我沿着淡水河來到海濱，只隔着汪洋一片，一片汪洋。呵，阿里山！我要用你去填大海，讓母親見到孩子，讓孩子找到親娘！（《人民日報》）

例 06 中，平仄總體說來是交替的，讀起來抑揚起伏，悅耳動聽，兼顧到了平仄相宜，聲情並茂。

三、　音節的配合與整齊美

　　漢語書面語很注重音節的調配，不僅在詩詞等韻文中講究音節的配合，就是在一般的散文中也常常要考慮到音節的調配。口語表達對音節調配的要求雖不像書面語那樣嚴格，但音節配合得恰當對於形成聽覺上的語音美感是一個重要的因素。

　　人們在運用語言時，除部分使用單音節詞外，還大量使用雙音節或多音節的詞，各種音節的組合要受語言節奏的制約，而語言中的節奏是通過音節的配合來實現的。音節配合的一般原則是，在連續的語流中處於相同句法成分的詞或短語的音節要相配，也就是相應位置上詞語的音節數應該力求一致。如"眉清目秀"是由兩個主謂結構聯合而成的，"眉清"和"目秀"兩兩相配，這樣相配的聲音顯得平穩協調、勻稱整齊。"他每天下午看看報，打打球。"中的"看看報，打打球"也是平穩、勻稱的。"看看"和"打打"相配，"報"和"球"相配，說起來很順口，如改為"他每天下午看看報，打球。"就不順口。這種音節的調配隨處可見。例如：

01 肖邦的鋼琴協奏曲如春潮，如月華，如鮮花燦爛，如水銀瀉地。聽了他的作品我會覺得自己更年輕，更聰明，更自信。

（王蒙《在音樂的世界裡》）

這裡，"如春潮"與"如月華"相配，"如鮮花燦爛"與"如水銀瀉地"相配。"更年輕""更聰明""更自信"三項相配，相配項的音節都相同。由於配合整齊，語言表達顯得十分和諧。如果將"如月華"和"如鮮花燦爛"調換一下位置，或者將"更自信"改為"更相信自己"，就會導致對應位置音節不整齊，破壞整體的協調性。

漢語中"四字格"式的音節組合使用頻率很高，它反映了漢民族崇尚對稱和諧的心理，言簡意賅，平樸莊重，具有極強的表現力。成語幾乎都是四字格。成語以外的其他語言形式中四字格也比比皆是，從詩文、諺語到報紙標題、廣告語等，都有大量的四字格出現。例如：

02 面朝大海，春暖花開。　　　　　　　　　　　（詩句）
03 男大當婚，女大當嫁。　　　　　　　　　　　（諺語）
04 百尺竿頭，更進一步。　　　　　　　　　　　（諺語）
05 大風降溫　雨雪飛揚　　　　　　　　　　　（新聞標題）
06 精益眼鏡，貴在求精，精益求精，精無止境。　（某眼鏡廣告）

上面的例子中，每一句都是四個字，音節勻稱，節奏感強，易記易傳。

現代詩歌一般也要講究音節的勻稱與協調。例如：

07　後來啊

　　鄉愁是一方矮矮的墳墓

　　我在外頭

　　母親在裡頭

　　而現在

　　鄉愁是一灣淺淺的海峽

　　我在這頭

　　大陸在那頭　　　　　　　　　　　（余光中《鄉愁》）

上面節選的這首詩前後段音節整齊一致，富有音樂美。

　　其他文體如果也能注意音節的調配，不但有助於語意的表達，而且能使語音更加優美動聽。例如：

08　亞運帶來的，不僅是看得見的變化——場館建設、舊城改造、交通整治、大力治水、環境衛生治理等工程讓廣州天更藍、水更清、路更寬、房更靚、城更美，也有看不見的變化——對城市發展的推動、對城市品牌的鍛造、對公共文明的洗禮、對市民素質的培育等等。

　　　　　　　　　　　　　　　　　　（《廣州日報》）

09　我們要創造更加良好的政治環境和更加自由的學術氛圍，讓人民追求真理、崇尚理性、尊重科學，探索自然的奧秘、社會的法則和人生的真諦。做學問、搞科研，尤其需要倡導“獨立之精神，自由之思想”。正因為有了充分的學術自由，像牛頓這樣在人類歷史上具有偉大影響的科學家，才能夠思潮奔騰、才華迸發，敢於思考前人從未思考過的問題，敢於踏進前人從未涉足的領域。　　　（人民網）

這兩段中許多語句音節數對應，如三音節對三音節，四音節對四音節等，調配整齊，整體上節奏鮮明、行文流暢。

總之，音節調配所要達到的效果是音節協調，使人說起來順口，聽起來悅耳。此外，在調配音節時，如果能考慮與平仄、押韻等方面的配合，做到幾方面兼顧，不但有助於語意的表達，而且能使語音更加優美動聽，收到更好的效果。

四、 雙聲、疊韻、疊音、擬聲的選用與複沓美

（一）雙聲、疊韻

雙聲、疊韻也是漢民族對稱和諧心理在漢語語音方面的表現。雙聲如“彷彿、惆悵、輾轉、伶俐、倉促、慷慨、躊躇、吩咐”等。兩個音節的聲母相同。疊韻如“朦朧、徘徊、彷徨、蓓蕾、慫恿、骯髒、妖嬈、苗條”等。兩個音節韻母相同或相近。這些詞語憑借相同的語音成分的再現，作用於人的聽覺器官，給人以迴環複沓之感。雙聲猶如貫珠相連，宛轉動聽；疊韻猶如兩玉相叩，鏗鏘悅耳。

由於具有獨特的聲響表現力，雙聲、疊韻成為漢語修辭的重要手段。例如：

01　她徬徨在這寂寥的雨巷
　　撐着油紙傘
　　像我一樣
　　像我一樣地
　　默默彳亍着
　　冷漠、淒清，又惆悵　　　　　　　（戴望舒《雨巷》）

這段詩中，用了"彳亍""淒清""惆悵"三個雙聲詞，疊韻詞"徬徨"。這些詞語的運用既能讓人感到它低沉、舒緩、優美的旋律和節奏，又能表現詩人的孤寂和苦悶心情。又如：

> 02 只見那些假山石，高低起伏，玲瓏剔透，氣象萬千。再細細看一看，那些假山，全像猴子。……當你走向那些"獅子"，踏上假山，或鑽一鑽山洞，那山上山下，洞裡洞外，盤旋曲折，變化無窮，有千山萬壑之感。 （鳳章《蘇州園林》）

在這段散文中，"玲瓏""剔透"為雙聲詞，"盤旋"為疊韻詞，包括"氣象萬千""千山萬壑"裡的"萬千、千山"也有疊韻的聲響效果，這幾個雙聲疊韻的聲音迴環複沓，仿如蘇州園林景觀的曲折往復，語意內容與語音形式相得益彰。

（二）疊音

這裡的疊音是指音節的重疊。疊音也是漢語語音修辭的重要手段，常常用於對自然景物、人物特徵、動作情態以及環境氣氛等方面的描繪。恰當地運用疊音，可使語言的形式和聲音的節奏更加整齊、和諧，既能和外物的特徵情態相一致，也能和言者的心情相合拍。例如：

> 男：哥哥面前一條彎彎的河
> 　　妹妹對面唱着一支甜甜的歌
> 　　哥哥心中燃起紅紅的火
> 　　妹妹快快讓我渡過你呀的河
> 女：小船悠悠水面過

划開河面層層波層層波

採一朵水蓮花妹妹送哥哥

悄悄話兒悄悄說甜甜蜜蜜撒滿河　　　　　（崔凱《過河》）

這首民歌當中運用了"彎彎""甜甜""紅紅""快快""悠悠""層層""悄悄""甜甜蜜蜜"等疊音，借音節的繁複描繪出一幅河水彎彎、小船悠悠，一對情意綿綿的情侶在對歌的動人景象。

現代散文和廣告語中，運用疊音的現象也俯拾皆是，如"濃濃花生奶，深深大地情""柔柔的風，甜甜的夢""舒舒服服入睡，清清爽爽醒來"等等。這些疊音的運用，除具有突出語意的作用外，還大大增強了語言的形式美、音樂美和感染力。

（三）擬聲

擬聲是利用語音來模擬客觀存在的各種聲音，又叫摹聲或象聲，如"嘭、颼、哇""叮噹、呼啦、汪汪""叮叮噹、嘩啦啦、淅瀝瀝""嘟嘟嚷嚷、撲通撲通、鏘不隆咚鏘"等。

擬聲的作用，一是使表達繪聲繪色，讓聽者和讀者感受到事物的生動性和形象性。例如：

01　"轟隆隆、轟隆隆…"列車從隧道裡鑽出來，輕快地奔馳着。

　　　　　　　　　　　　　　　　　　　　（曾果偉《告別》）

02　果果跑上前，拿出早已準備好的辣椒、芹菜、小飛蟲等，挨個兒給籠子裡的昆蟲餵食，很快，蟋蟀"霍霍霍"地唱起來；桃樹蟲用小小的腳賣力地踢着自己的肚子，開始"啪啪啪"地打鼓……　　　　　（趙菱《三月裡的桃花園》）

例 01 用"轟隆隆、轟隆隆……"描摹火車行駛時發出的聲音，例 02

用"霍霍霍""啪啪啪"描摹蟲子的叫聲。這些擬聲形象逼真，它們能喚起人們的聽覺想像，讓人覺得彷彿置身於當時的情境中，收到了聲情並茂的效果。

擬聲的另一個作用是可以增強語音形式美。由於不少擬聲是通過雙聲、疊韻或疊音實現的，如"噼啪噼啪""滴答滴答""咣噹咣噹""丁零丁零""轟隆隆""嘩嘩嘩""沙沙沙"等，因此，如果能恰當地運用這些擬聲，就能使聽者和讀者在如聞其聲、如臨其境的同時，得到音律、節奏等方面的審美享受。例如：

03　嘩嘩作響……嘩嘩作響

　　風吹着平原上楊樹的葉片

　　這是哪一年，哪一個季節

　　我翻遍了所有的記憶，仍然恍惚

　　三十年之後，我深入了城市喧囂的廣場

　　可是，除了這嘩嘩作響

　　我什麼也沒有聽到

　　我省略了經歷的滄桑　　　　　（王克金《嘩嘩作響……》）

這首詩中疊音的"嘩嘩"不但增強了形象感，而且也為詩句的表達增添了韻律形式美。

五、 諧音的運用與諧趣

在特定的語言環境中，利用詞語的音同或音近的諧音關係，由一個詞語聯想到另外一個詞語，這也是漢語語音修辭的一種方式。例如：

01 閒人免進賢人進

　　盜者莫來道者來 （大孤山青雲觀楹聯）

這副對聯中，"閒"與"賢"、"盜"與"道"構成諧音，它們讀音相同，意義卻大相逕庭，趣味橫生。

02 月亮出來亮堂堂，芹菜韭菜栽兩行；

　　郎吃芹菜勤思姐，姐吃韭菜久思郎。（《民間情歌三百首》）

這首民歌利用了"芹"和"勤"、"韭"和"久"的諧音，不但具有複沓迴環之美，而且具有濃厚的情趣。

近年來，新聞標題利用諧音的現象越來越多。例如：

03 有一種腐敗叫"公賀新禧" （金羊網）

04 潛規則都是"錢"規則 （半島網）

05 警惕一把手變成"一霸手" （新華網）

例 03 利用"公賀"與"恭賀"的諧音，揭示出某些部門某些人用公款送禮的現象；例 04 利用"潛"與"錢"的諧音，指出某些領域亂收費的現象；例 05 利用"一把手"與"一霸手"的諧音，反映某些單位與部門的主要領導濫用職權的現象。這些諧音以聲誘人，營造出詼諧反諷的效果，給觀眾和讀者留下了深刻印象。

諧音是漢民族文化的一個重要特點，如有些地方的婚俗，要在被子上撒放紅棗、花生、桂圓、栗子等，以圖"早生貴子"；有的地方逢年過節送鰱魚，諧音"連年有餘"。又如廣州人把"空屋、空車"叫做"吉屋、吉車"，因為廣州話"空"與"凶"諧音。這些諧音充分體現了漢民族的求吉避凶，重委婉、忌直言的文化心理。除此之外，還有其他一些日常交際和生活中常用的諧音詞語，這些諧音詞語已經形成固定用法，通常是一些熟語，如"氣管炎——妻管嚴""外甥打燈籠——照舅（舊）""小蔥拌豆腐——一青（清）二白"。

六、 語音的反常規使用與拗趣

一般來說，人們說話、寫文章總是力求音節勻稱、聲韻和諧，但有的時候，出於某種需要，人們也會反其道而用之，追求語音的極不和諧，有意把聲、韻、調極易混同的字交叉重疊，反覆出現在一個句子裡，讀起來拗口，聽起來難以接受。這種語言形式主要出現在繞口令中。繞口令的特點是用聲、韻、調極易混同的字交叉重疊編成句子，要求一口氣快速念完，而說快了讀音又很容易發生錯誤。不經訓練，一般人很難將繞口令快速、準確地讀出。也正因如此，繞口令既可以被用做語言讀物幫助人們練習正確地咬字吐音，又可以作為一種語言遊戲供人娛樂。例如：

01　華華愛畫花，提筆畫荷花，荷花開得大，荷花像活花。

（《兒歌三百首》）

02　寶寶吹泡泡，泡泡跑了，寶寶追泡泡，泡泡爆了抱寶寶。

（朱寶慶《唱兒歌》）

這兩例意在訓練兒童的正確發音。而在一些文藝娛樂場合，繞口令也常用於表演，如"長扁擔，短扁擔，長扁擔比短扁擔長了半扁擔，短扁擔比長扁擔短了半扁擔"。相聲藝術中更是經常要用到這種繞口令，如"吃葡萄不吐葡萄皮"就是相聲裡一句典型的繞口令。這些繞口令讀起來彆扭、拗口，但趣在其中，值得玩味。這種語音的反常規利用，也是一種修辭。

複習與練習（二）

一、複習題

1. 什麼是押韻？什麼是韻腳？
2. 什麼是平仄？平仄的調配能產生什麼樣的修辭效果？
3. 音節的配合能產生什麼樣的修辭效果？
4. 舉例說明雙聲、疊韻、疊音、擬聲各有什麼樣的修辭效果。
5. 舉例說明諧音的修辭作用。

二、練習題

1. 指出下面各段的韻腳。

（1）春眠不覺曉，處處聞啼鳥。夜來風雨聲，花落知多少。

（2）因為有風，柳條得以輕揚；因為有雨，禾苗得以滋長；因為有花，自然才顯芬芳；因為有你，生活才有了陽光。

（3）花嫵媚，是因為蝴蝶的追隨；夢沉醉，是因為月色的點綴；情珍貴，是因為彼此的安慰；人幸福，是因為有愛的伴隨。

2. 指出下面這首詩的平仄搭配情況。

白日依山盡，黃河入海流。

欲窮千里目，更上一層樓。

3. 綜合分析下面兩段中的語音修辭特點。

（1）年年歲歲花相似，歲歲年年人不同。

（2）天蒼蒼，野茫茫，風吹草低見牛羊。

4. 列舉兩段繞口令，並分析它們在語音上的配合特點。

5. 請從近期的網絡或報紙上找出十例具有語音美的新聞標題，並加以分析。

課程延伸內容

押韻的方式和依據

根據韻腳出現的不同規律，押韻有以下六種常見的方式：

1. 偶韻。即偶句押韻，隔句相押。這是一種最常見的押韻，旋律婉轉，節奏適中，在各種韻文中廣泛使用。

2. 排韻。即句句押韻，一韻到底。這種押韻旋律流暢，節奏緊湊，在兒歌、快板等韻文中常用。

3. 隨韻。即兩句兩句相押，每兩句換一個韻。旋律活潑跳盪，節奏明快，在長篇詩歌中較多見。

4. 交韻。在四句一組的詩歌中，第一、三句押一韻，第二、四句押另一韻，即兩兩交叉押韻。

5. 抱韻。在四句一組的詩歌中，第一、四句押一韻，第二、三句押另一韻，也就是中間的兩句被其上下的兩句所包圍。

6. 散韻。即不規則的押韻，韻腳的出現不遵循一定的規律，各韻腳之間間隔的句數各不相同。這種押韻方式旋律鬆散，節奏緩慢，多見於現代長篇自由詩中，韻隨情移，情由韻收。

古人作詩，大都要根據韻書選韻，如《切韻》、《廣韻》等等。南宋平水人劉淵根據《廣韻》增修的《壬子新刊禮部韻略》（簡稱"平水韻"）一直是近代乃至現代詩人做仿古詩的押韻依據。

清代《佩文詩韻》列舉了 106 個韻目，按平、上、去、入四聲分部。押韻的原則是平只押平，入只押入，上、去可以互押。現代的新詩押韻，打破了舊原則，變得更為自由了，不再受平仄聲調的限制，凡是韻母相同或相近的音節都可以互押。押韻可依據 1941 年國語推行委員會公佈的《中華新韻》中的"十八韻"和明清以來北方說唱文學用以押韻的韻部"十三轍",自由選韻。"十八韻"把韻文押韻的範圍歸納為十八類,每類用一個同韻字為名。這十八個韻的排列和名稱如下:

類別	名稱	所含韻母
一	麻	a、ia、ua
二	波	o、uo
三	歌	e
四	皆	ê、ie、üe
五	支	-i([ɿ])、-i([ʅ])
六	兒	er
七	齊	i
八	微	ei、uei
九	開	ai、uai
十	姑	u
十一	魚	ü
十二	侯	ou、iou
十三	豪	ao、iao
十四	寒	an、ian、uan、üan
十五	痕	en、in、uen、ün
十六	唐	ang、iang、uang
十七	庚	eng、ing、ueng
十八	東	ong、iong

"十三轍"的"轍"是"韻"的通俗稱呼,"合轍"就是押韻的意思。轍名用兩個同韻字為名,共有十三個轍名,它們的名稱是:"發花轍""梭波轍""乜斜轍""一七轍""姑蘇轍""懷來轍""灰堆轍""遙條轍""油求轍""言前轍""人辰轍""江陽轍""中東轍"。此外,押兒化韻字時還有兩道小轍兒,叫"小言前兒"和

"小人辰兒"。總體來看，十三轍與十八韻具有對應的關係，只是十三轍比十八韻押韻更寬泛些，它把十八韻中的二、三韻並成"梭波轍"，把五、六、七、十一韻並成"一七轍"，把十七、十八韻並成"中東轍"。其餘的"韻"和"轍"呈整齊的對應關係："麻"對應"發花"，"皆"對應"乜斜"，"姑"對應"姑蘇"，"開"對應"懷來"，"微"對應"灰堆"，"豪"對應"遙條"，"侯"對應"油求"，"寒"對應"言前"，"痕"對應"人辰"，"唐"對應"江陽"。由於這些韻部跟漢語普通話的韻母是一致的，因而它們也成為當今做詩、寫文章用韻的依據。

思考與討論

試談現代詩文與古代詩文在利用語音修辭方面有何異同。

第三節　詞語修辭

　　運用詞語是否恰當，直接影響到修辭效果的好壞。一些好的修辭現象就是對詞語進行精心選擇或變化使用的結果。詞語的選用和變用在詞語修辭中佔有重要的位置。

一、詞語的選用

　　詞語的選用是通過對詞語的斟酌和推敲，從眾多的詞語中選出一個最恰當的詞語。對詞語的選用通常包括以下幾方面：

（一）詞語色彩的選用

1. 感情色彩的選用

　　詞語的感情色彩是人們對詞語所反映事物的一種主觀評價。有些詞語表明人們對所反映事物的肯定、讚揚、喜愛、尊重等感情態度，如"成果""溫柔""榮獲"等，是褒義詞；有些詞語表明人們對所反映事物的否定、貶斥、厭惡、鄙視等感情態度，如"歹徒""殘酷""詐騙"等，是貶義詞；有些詞語本身不帶有褒貶色彩，如"汽車""粗壯""學習"等，是中性詞。我們在運用這些詞語時要注意感情色彩的選擇。例如：

　　01　今天是王先生和趙小姐結婚的日子。看，彩堂上紅燈高照，柔柔的燈光輝映着喜慶的彩花——這彩花，鋪滿了新婚紅地毯，讓新郎新娘開始了幸福的"馬拉松"賽跑；聽，彩堂外鞭炮齊鳴，陣陣的脆響爆發出祝福的心聲——這聲音，伴奏着新婚圓舞曲，讓新郎新娘的人生二人轉開始上演。在這隆重而熱烈的盛典上，讓我們盡情分享新人的幸福和甜蜜，全心感受婚慶的溫馨和浪漫吧。

（盧偉宏《讓婚禮致辭充滿情趣》）

這是一段婚禮上的演講詞，用了"柔柔""輝映""幸福""甜蜜""隆重""熱烈""盡情""分享""溫馨""浪漫"等感情色彩濃厚的褒義詞語，既表現出喜慶的氛圍，熱鬧的場面，又表現出對新人的美好祝福，感情強烈。又如：

02 韋 × 以為他這次毒殺李 × 一定會成功。可是正當他暗中高興與方 × 商量如何盛裝結婚時，突然傳來李沒有死亡的消息，使他驚惶失色，終日惶惶不安，唯恐罪行敗露。……韋既擔心方 × 變心，又恐李日久覺察他們的殺人陰謀，為了既能寬方 × 之心，與之早日結為夫妻，又能除掉李 ×，不致罪惡暴露，就迫不及待地孤注一擲，決心用暴力手段殺死李 ×。

（孫懿華、周廣然《法律語言學》）

例 02 是個公訴詞片斷，運用"驚慌失色""終日惶惶不安""孤注一擲"等感情色彩鮮明的貶義詞語，恰到好處地表現出被告人手段之殘忍，犯罪後果之嚴重。公訴人通過這些詞語創造了一種令人憤慨的氛圍。這種氛圍是富有感染力的，它能激起法官、聽眾對被告的憤怒和譴責。

實際語言運用中，應根據需要，認真地區分和選擇感情色彩鮮明的詞語，把自己的思想感情準確地、恰當地表達出來。如果不注意區分和選擇，就容易出現褒貶不當的問題。如有人將持槍拒捕的歹徒寫成"頑強抵抗"，把抓歹徒犧牲的警察寫成"被歹徒當場擊斃"，這樣就顛倒了應褒揚和被貶斥的對象。

2. 語體色彩的選用

語體色彩是指某些詞語因經常用於特定交際場合或特定語體中而形成了某種獨特的語言表現風格。如"哥們兒""帥氣""溜躂"等經常出現在口頭語體中，因而具有口語色彩；"予以""斟酌""邂逅"等經常出現在書面語體中，因而具有書面語色彩。在具有書面語色彩的詞語中，"澎湃""漣漪""惆悵"等經常用於文學作品中，具有文藝語體的色彩；"請示""審批""遵照"等經常用於各類公文中，具有公文語體的色彩；"函數""原子""坐標"等經常用於科技文獻中，具有科技語體的色彩。而"花""房屋""天氣""超市""緊張"等詞語在各種語體中通用，不帶特定的語體色彩。

一般說來，具有某種語體色彩的詞語同該語體有着穩定的適應關係，因此，我們運用這些詞語時就要充分考慮它們所適應的語體類型，以取得和諧統一的修辭效果。例如：

03　對運菜車輛，不得隨意攔車檢查，更不准隨意罰款。發現輕微交通違章的，應依法糾正後放行；對嚴重違章的，責令其立即糾正，並可給予罰款處罰，記下車號和駕駛員姓名、單位，通知車輛所在地公安交通部門處理，不准扣車、扣證。對違章超載的，應責令自行糾正並給予罰款處罰，但對違章人的同一違章行為，不得給予兩次（含兩次）以上罰款。

（交通部、公安部、國務院糾正行業不正之風辦公室《關於保障海南省蔬菜運輸綠色通道暢通的通知》）

例 03 對有關部門如何處理綠色通道的違章問題作出了規定，可以怎樣做，應該怎樣做和不准怎樣做都規定得很清楚，屬於公文語體，因此大量使用具有公文語體色彩的詞語。如 "不得" "不准" "責令" "給予" "依法糾正" "處罰" 等，這些詞語顯得莊重嚴肅，能表現出命令內容重大而帶有強制性，具有不容置疑的結論性。又如：

> **04** 立春過後，大地漸漸從沉睡中甦醒過來。冰雪融化，草木萌發，各種花次第開放。再過兩個月，燕子翩然歸來。不久，布谷鳥也來了。於是轉入炎熱的夏季，這是植物孕育果實的時期。到了秋天，果實成熟，植物的葉子漸漸變黃，在秋風中簌簌地落下來。北雁南飛，活躍在田間草際的昆蟲也都銷聲匿跡。到處呈現一片衰草連天的景象，準備迎接風雪載途的寒冬。在地球上溫帶和亞熱帶區域裡，年年如是，周而復始。　　　　　　　　　　（竺可楨《大自然的語言》）

例 04 是科普文章中的一段文字，以文藝語體的筆法來寫，用了許多帶書面語色彩的詞語，如 "甦醒" "萌發" "次第" "翩然歸來" "孕育" "田間草際" "銷聲匿跡" "風雪載途" "年年如是" "周而復始" 等。這些詞語的使用，使語言表達顯得莊重而典雅，與所用的語體相適應、相協調。

我們說話或寫文章時，要根據語體類型來選擇恰當的詞語，也就是人們通常說的用語要得體。如果所用詞語跟語體不相適應，輕則鬧笑話，重則導致交際的失敗。如 "氧化氫" 和 "水" 同指一個事物，"氧化氫" 是個化學術語，用於科技語體，"水" 是一般詞語，人們生活中常用。如果將 "我要喝水" 說成 "我要喝氧化氫"，會讓人感到莫名其妙。又如 "養活" 和 "贍養"，前者是口語詞，後者是書面語詞。如果將公文語體中的 "贍養父母是子女的義務"

說成"養活父母是子女的義務"就不得體，讓人難以接受。

3. 形象色彩的選用

詞語的形象色彩是指某些詞語在人們的腦子裡喚起一種感性的、具體的、形象的聯想。如視覺形象詞語"桃紅""馬尾辮""白花花""羊腸小道"等；聽覺形象詞語"潺潺""叮噹叮噹""嘩啦嘩啦""撲哧撲哧"等；味覺形象詞語"甜絲絲""酸溜溜""鹹不拉嘰"等；嗅覺形象詞語"香噴噴""臭烘烘"等；觸覺形象詞語"刺骨""冰冷""滑溜溜""硬邦邦"等。此外，還有大量形象生動、具體鮮明、富有描繪色彩的文藝性詞語。

在對人或事物作形象描繪時，就要講究詞語的形象色彩的選用，這樣能夠引發人的聯想，給人留下栩栩如生的印象。例如：

05 看近處，那些落光了葉子的樹木上，掛滿了毛茸茸亮晶晶的銀條兒，那些冬夏常青的松樹和柏樹上，掛滿了蓬鬆鬆沉甸甸的雪球兒。 （峻青《瑞雪圖》）

例 05 由於使用了"毛茸茸""亮晶晶""蓬鬆鬆""沉甸甸"這些具體可感的詞語，渲染出一幅如臨其境的瑞雪圖。

（二）義類的選用

1. 多義詞的選用

多義詞在具體的上下文裡通常只表達一種確定的意義。有時，在特定的語境裡，多義詞也可以用來構成某種修辭方式，以表達深刻、精闢的含義，取得妙趣橫生的效果。例如：

01 ×× 牌電風扇的名氣是靠吹出來的。 （某電風扇廣告）

該廣告語一語雙關，這是由"吹"一詞的多義性帶來的。"吹"在這裡既可理解為"吹牛"的"吹"，也可理解為"吹風"的"吹"，兩種意思疊加在一起，產生了幽默詼諧的效果。又如：

02 　想要皮膚好，早晚用 ××。　　　　　　（某護膚品廣告）

該廣告語中的"早晚"既可理解為"早上和晚上"，也可理解為"遲早"，含義準確，運用得體，充分體現出商家對產品質量的信心。

恰當地選用多義詞不僅有助於增加交際中的信息量，而且還是語言交際中岔題、移花接木、雙關等修辭手段構成的重要語言因素。

2. 同義詞的選用

一組同義詞可以把同一概念在不同角度、不同層次上所具有的不同屬性的細微差別鮮明地表現出來。如表示"看"這一動作有很多同義詞：表示已經看到的，如"看見""見到"等；表示向遠處看的，如"望""眺望"等；表示向上看的，如"仰視""仰望"等；表示向下看的，如"鳥瞰""俯視"；表示偷偷地看的，如"窺""窺視"；表示專注地看的，如"盯""注視"等；表示仔細地看的，如"審視""查看"等；表示隨便看一眼的，如"瞥""掃視"等等。這些意義相同或相近、而有細微差別的同義詞，有助於人們區分客觀事物或思想感情的細微差異，使人們的語言表達更加精確、嚴密。

同義詞可以滿足交際上的需要，構成"委婉語""禁忌語"等，如在某些場合，用"豐滿"代替"肥胖"，用"苗條"代替"瘦"，用"洗手間"代替"廁所"，用"去世"代替"死"，用"成家"代替"結婚"，用"有喜"代替"懷孕"等等。這樣可以避免傷害對方的自尊心，或避免犯忌、難堪，使交談在愉快、和諧的氛圍中進行。這就是修辭格中所說的"婉曲"。

人們常常將一組同義詞分別用於同一段話的不同位置，讓他們互相配合，相得益彰。例如：

03　遠望天山，美麗多姿，那常年積雪高插雲霄的群峰，像集體起舞時的維吾爾族少女的珠冠，銀光閃閃；那富於色彩的連綿不斷的山巒，像孔雀開屏，艷麗迷人……就在雪的群峰的圍繞中，一片奇麗的千里牧場展現在你的眼前。墨綠的原始森林和鮮艷的野花，給這遼闊的千里牧場鑲上了雙重富麗的花邊。

（碧野《天山景物記》）

例 03 用了"美麗""艷麗""奇麗""富麗"四個同義形容詞來描寫天山之美。同中有異，配合得當，既避免了重複，又突出了表達內容。

同義詞還可以構成具有特殊色彩的成語，如"花言巧語、家喻戶曉、輕描淡寫、百依百順、斬釘截鐵、真心實意、超凡脫俗、超群出眾"等。

3. 反義詞的選用

反義詞的使用可以揭示事物的相反或相對的關係，突出事物的本質特徵，使表意更加深刻周全。例如：

04　很多時候，我們會覺得煩惱無盡，其實不過是自己走不出一個心理誤區，不懂得遇事要學會剛柔相濟，柔能克剛；同時更不相信後退原來是向前的道理。……人生在世起落尋常，當進則進、當退則退、進退有據，高下在心。

（吉峰《後退原來是向前》）

例 04 用"剛"和"柔"、"後退"和"向前"、"起"和"落"、"進"

和"退"、"高"和"下"五對反義詞,從正反兩方面深刻地說明了人生所應有的積極態度。

有的時候,恰當選用反義詞,表面上看來前後意義似乎自相矛盾,但實質上充滿辯證關係、富含哲理。例如:

05　亂得真整齊!　　　　　　　　　　　　　　(金羊網)

這是一個新聞標題,新聞內容說的是由於有關部門整治不力,大量非法營運車輛聚集在火車站附近等候拉客。"亂"是指非法營運,"整齊"是指這些違法車輛也能按先後順序排隊。"亂"和"整齊"表面看是矛盾的,但聯繫現場卻是合乎事理的。又如:

06　明智的人知道什麼時候該糊塗。　　　　(《環球時報》)
07　作為失敗的典型,你實在太成功了。　　(《廣州日報》)

反義詞常用來構成對偶、對比、映襯的修辭手法,從而使所要表達的語句具有鮮明的色彩和更強烈的說服力。例如:

08　有福你享,有難我當。　　　　　　　　(某保險公司廣告)
09　臭名遠揚,香飄萬里。　　　　　　　　(某臭豆腐廣告)
10　關住冰冷,敞開熱情。　　　　　　　(某冷凍設備公司廣告)

漢語中的不少熟語,也經常利用反義詞或反義語素突出正反對比或對立的表達效果。如"深入淺出""因禍得福""好逸惡勞""多栽花,少種刺""失敗是成功之母""虛心使人進步,驕傲使人落後"。

4. 類義詞的選用

類義詞是表示同類概念的一組詞,屬於同一類屬義場。在一段文字中恰當地選用一些類義詞，往往能取得很好的表達效果。例如：

11　人生百年轉瞬盡，休道“漫漫其修遠”。坎坷、挫折、失誤、不幸常常冷不丁就給你一擊，叫你痛苦、流淚、不堪、倦頓。你可以苟延殘喘，但是絕不能從此風平浪靜。急流跌落險灘，潮汐遭遇暗礁，雄鷹捲進長風……從來造化注定生命以劫難，誰個三頭六臂能躲開。唯一的唯一就是讓人生充滿希望。
（余啟富《希望》）

例 11 共用了“坎坷、挫折、失誤、不幸”“痛苦、流淚、不堪、倦頓”“急流、潮汐”“險灘、暗礁”“三、六”“頭、臂”六組類義詞，同一類屬意義的詞之間相輔相成，使所要表達的相關意義更加全面、完整和豐滿。

又如：

12　我是由無數的星辰日月草木山川的精華匯聚而成的。只要計算一下我們一生吃進去多少穀物，飲下多少清水，才凝聚成這具美好的軀體，我們一定會為那數字的龐大而驚訝。平日裡，我們尚要珍惜一粒米、一葉菜，難道可以對億萬粒菽粟、億萬滴甘露濡養的萬物之靈，掉以絲毫的輕心嗎？
（畢淑敏《我很重要》）

例 12 中有關天文地理、糧食穀物以及數量的類義詞，接連使用，視野開闊，立意深遠，語勢跌宕。

許多熟語也由類義詞或類義語素構成，相關意義彼此補足，使表意更加周全、到位。如“山清水秀”“冰天雪地”“眉開眼笑”“清明忙種麥，穀雨種大田”“讀書有三到，心到眼到口到”“書山有路勤為徑，學海無涯苦作舟”。

在實際的語言運用中，義類的選用常常不是孤立的，同義、反義和類義往往綜合交叉在一起使用。例如：

13 以人為鏡，可以知道自己的得失、是非、善惡，從中照出不足和缺陷，然後拾遺補漏，糾正不足，防微杜漸，從而使自己臻於完善，趨近完美。

（王力《交際要"以人為鏡"》）

例 13 中"不足"與"缺陷"、"完善"與"完美"、"臻於"與"趨近"、"拾遺"與"補漏"、"防微"與"杜漸"是同義，"得"與"失"、"是"與"非"、"善"與"惡"是反義，"得失、是非、善惡"是類義。

二、 詞語的變用

詞語的運用一般情況下要符合詞語的意義規範和語法規範，但為了表達上的某種需要，在特定的語境中可以突破規範，創造性地運用某些詞語，這就是詞語的變用。詞語的變用大致可以分為以下幾種情況：

（一）改變詞語原有的意義

每個詞語都有它固有的意義，在語言的實際使用中，為了取得某種表達效果，有時可以臨時賦予它一個新的意義。例如：

01 上海 39℃烈日灼人　未來三天"熱情"難減　（新聞標題）

02 "日光盤"頻現　8 月廣州樓市再現量價齊漲　（新聞標題）

例 01 中"熱情"指"炎熱的情況"。例 02 的"日光"說的是樓盤剛一推出銷售,當天就賣光。這種臨時的用法新奇巧妙,富有諧趣。

(二)改變詞語原有的詞性

一般來說,每個詞語都屬於特定的詞類,具有相對固定的語法功能,但在具體的語境中,可以臨時改變這個詞語原有的詞性,讓它具有另一類詞語的語法功能。例如:

01 老栓,就是運氣了你!　　　　　　　　　(魯迅《藥》)

02 寶玉聽說,便猴向鳳姐身上立刻要牌。　　(《紅樓夢》)

例 01 將名詞"運氣"用做動詞,帶了賓語,能突出表現作品人物大大咧咧、口無遮攔、趾高氣揚、粗魯野蠻的性格特點。例 02 將名詞"猴"字用做動詞,表示賈寶玉做出像猴一樣的動作,形象感很強。

(三)對原有詞語進行拆分並分別解釋

有些詞語的原有意義並非構成這個詞語的各成分意義的簡單相加,而是以整體形式呈現出來的。有時在特定的語境中,可以將這個詞語進行拆分,對構成該詞語的各個成分的意義分別做出解釋,從而產生"望文生義"的效果。例如:

01 "危機"這個詞,一個字代表"危險",另一個字代表"機會"。　　　　　　　　　　　　　　　　(《環球時報》)

02 由於學歷比較高,本來就讓很多男士望而卻步。讓她更苦惱的是,本身就快成"白骨精"(白領,骨幹,精英)了,

但父母立下的"家規"讓她更加喘不過氣來——對象必須有同等學歷，否則一律免談。　　　　（《廣州日報》）

"危機"的本來意義，一是指危險的根由，二是指嚴重困難的關頭，顯然不是"危險"和"機會"兩詞相加的含義。例 01 對它進行拆分並分別加以解釋，目的在於告誡人們面對危機，要變困境為機會，化不利為有利。這種解釋顯得巧妙而富於情趣。例 02 將"白骨精"分解為"白領、骨幹、精英"，顯得新穎、幽默。

（四）比照現有詞語的結構臨時仿造一個新的詞語

這種詞語變用是在原有詞語的基礎上，比照原有詞語的結構規則，臨時造出一個新的詞語。例如：

01 應有盡有，不如應無盡無。　　　　（《廣州日報》）

02 得意忘形並不可怕，可怕的是得意忘人，得意忘心。忘了世界上還有別人的存在，忘了做人要有良心。（《廣州日報》）

例 01 比照"應有盡有"，仿造出"應無盡無"，例 02 比照"得意忘形"，仿造出"得意忘人""得意忘心"，達到一種新奇活潑的效果，既是意料之外，又在情理之中。這種比照舊詞，仿造新詞的方式也就是辭格中所說的"仿擬"。

（五）改變詞語原有的搭配關係

詞語之間的搭配有一定的規則限制，但在特定的語境下，可以臨時改變某個詞語慣常的搭配對象，這種搭配新鮮機巧，令人耳目一新。例如：

| 01 | 她們被幽閉在宮闈裡，戴了花冠，穿着美麗的服裝，可是陪伴着她們的只是七弦琴和寂寞的梧桐樹。 |

（周而復《上海的早晨》）

| 02 | 地圖豈容隨意創作 | （新聞標題） |

例 01 "寂寞" 一詞通常是用於指人的心理感受的，這裡卻將它跟 "梧桐樹" 搭配，賦予梧桐樹以人的感情，更加襯托出人的寂寞之情。例 02 地圖本應與 "繪製" 搭配，這裡讓它與 "創作" 搭配，有力地諷刺了某些不負責任、錯漏百出的非法的地圖出版企業。

（六）變換詞語構成成分的位置

在前文使用某個詞語之後，後文再使用與該詞語構成成分相同、順序相反的詞語，前後兩個詞語意義上大相逕庭，形成對比，產生出一種新穎別緻的效果。例如：

| 01 | 好幾個拿了介紹信來見的人，履歷上寫在外國 "講學" 多次。高松年自己在歐洲一個小國讀過書，知道往往自以為講學，聽眾以為他在學講—— 講不來外國話借此學學。 |

（錢鍾書《圍城》）

| 02 | 動感亞洲，感動世界 | （廣州亞運會公益廣告） |
| 03 | 可以選擇放棄，但不能放棄選擇。 | （《廣州日報》） |

例 01 把 "講學" 換成 "學講"，意義大變。例 02 "動感亞洲" 指的是亞洲人民豐富多彩、充滿活力的體育運動， "感動世界" 是指亞洲人民的精神面貌讓世界感動。例 03 "選擇放棄" 是一種積極行為，而 "放棄選擇" 是一種消極行為。

（七）賦予同形詞語不同的含義

讓同形的詞語在一段話中出現兩次，兩次的含義各不相同。例如：

01　新年過了一個月，母親才帶 4 歲的兒子去探望美女上司。
　　見面後，母親對兒子說："這是王阿姨，給她拜個晚年吧！"
　　兒子大聲地說："祝王阿姨晚年快樂！"（《廣州日報》）

02　五號線因連城而價值連城　　　　　　　　　　　　（金羊網）

03　冰心一片冰心　　　　　　　　　　　　　（牛群攝影題詞）

例 01 "拜個晚年" 的 "晚年" 和 "晚年快樂" 的 "晚年" 意義是不一樣的，而小孩不明白這一點，以為是同一個意思，因而產生了幽默的效果。例 02 前一個 "連城" 指的是地鐵五號線將廣州的城東和城西連接起來了，後一個 "連城" 就是成語 "價值連城" 中的含義，將地鐵的功能和價值巧妙地結合起來，能有效地吸引讀者的眼球。例 03 前一個 "冰心" 是作家名，後一個 "冰心" 是 "品格高潔" 的意思，將人名與品格聯繫在一起，人如其名，突出了作家冰心的品格。

詞語的變用是具體語言環境下的一種臨時用法，它對語言環境的依賴性很強。只有結合具體的語言環境進行靈活巧妙的變用，才能達到理想的效果。離開了特定的語言環境，詞語的變用就有可能違反語言使用的規範要求，甚至造成語病。

複習與練習（三）

一、 複習題

1. 詞語色彩的選用包括哪幾方面？各有什麼修辭效果？

2. 多義詞、同義詞、反義詞、類義詞在語言運用中各有什麼樣的修辭作用？

3. 詞語的變用主要包括哪幾方面？各有什麼修辭功能？

二、 練習題

1. 對比下列加點詞語的意義，說明它們所起到的修辭作用。

（1）排隊掛號，頭昏眼花；醫生診斷，天女散花；藥品收費，霧裡看花；久治不癒，藥費白花。

（2）初見傾心，再見癡心。煞費苦心，欲得芳心。想得煩心，等得焦心。只恨你心，不懂我心。願以恆心，融化你心。

（3）我是胖人，不是粗人。

2. 分析下列每段話在詞語選用方面的特點。

（1）女孩都追求安穩，但是又不能太安穩，這安穩裡帶一點不安分，但這點不安分又不能破壞安穩。

（《我的青春我做主》）

（2）人真是充滿矛盾的怪物：人有愛，也有恨；人製造工具，也製造武器；人講交情，也講交易；人嚮往坦誠，卻常常虛偽；人憧憬純潔，又被迫世故；人熱愛寧靜，卻又熱衷名利⋯⋯

（《環球時報》）

（3）當新名人取得了驕人的成績，有人就希望老名人要有一顆平常心，這樣才不至於失落、惆悵、鬱悶、甚至痛苦。所以，持平常心者被公眾認為是一種美德，一種風度，一種修養。

（阿成《平常心》）

（4）剛才主席已經聲明，我這個不是報告，是講話。我想也不是講話，是談話或者談心。我是一個代表……跟大家一起談談心。我今天說的話，打算分兩個部分。

（呂叔湘《關於中學語文教學的種種問題》）

3. 分析下列句子在詞語變用方面的特點。

（1）姓錢不愛錢的錢鍾書——錢鍾書拒收稿酬。

（2）長江變成 "黃河" 了——關於長江水土流失的報告。

（3）市場解決一萬問題，市長解決萬一問題。

（4）經濟適用房，經濟了誰？

（5）在那被洗去的浮艷下，我能看到她們在日光下所深藏的恬靜的紅，冷落的紫和苦笑的白與綠。

（6）過了就錯了，這就是過錯。

（7）任何天衣無縫的故事，到了她那兒，都會變得天衣有縫。

第四節　句子修辭

　　人們說話或寫文章時，需要根據表達的內容和情感，合理安排句子的結構，選擇恰當的句子形式。現代漢語的句子形式種類多樣，從結構成分的多少看，可分為長句和短句；從句子結構是否整齊看，可分為整句和散句；從句子主語與動詞的施受關係看，可分為主動句和被動句；從句子的判斷形式看，可分為肯定句和否定句。另外，設問句和反問句也是具有修辭功能的兩種句子形式。要取得好的修辭效果，就必須根據語境和語體選擇相應的句式。

一、長句和短句

　　長句是指詞語較多、結構較複雜的句子。短句是指詞語較少、結構較簡單的句子。長句表意較豐富、周密、細緻；短句表意較簡潔、明快、靈活。例如：

01　這些現實問題，從看病貴、看病難到上學貴；從房價高到地區、城鄉、行業之間收入的擴大；從新農村的建設到就業問題；從打破壟斷到分配機制的改革；從環境污染嚴重再到嚴峻的安全形勢——包括公共安全、食品衛生安全、生產安全等，無一不是去年以來民眾和社會輿論最為關注的焦點問題。　　　　　　　　　　　　　（《廣州日報》）

02　和人相處，最簡單不過。你敬人一尺，人家敬你一丈。反過來，你不仁，人家也不義。要想把做人學好，你就記住三句話：待人真誠，做事規矩，態度謙恭。有這三條，就算齊了。

　　　　　　　　　　　　　　　　　　　（《演講與口才》）

例 01 用的是長句，主語後面有一長串"從……到……"，從不同角度列舉了各種現實問題，全面周到。例 02 用了很多短句，告誡人們如何獲得別人的尊重，表達簡潔、有力。

　　長句之所以長，往往是因為修飾語或聯合成分較多，某一結構成分複雜，如例 01。下面的例 03 也是一個長句，包含了由多個聯合成分構成的複雜定語。

03　我們要想辦法引導他做好人，在學校做一個學會做人、學會求知、學會健身、學會審美的好學生；在家裡做一個有禮貌、有能力、有熱情的好孩子；在社區做一個遵守法紀法規、遵守社會公德的好公民！

　　　　　　　　　　　　（王學兵《在岳陽一中家長會上的演講》）

例 03 中的"好學生""好孩子"和"好公民"前的定語都含兩個或以上的聯合成分。這些複雜定語的使用，較為全面詳盡地表達了演講者的意圖，結構也較為緊湊，讀起來有一種氣勢感。

　　長句和短句的交錯出現，可使行文疏密有致、生動活潑，同時具有這兩種句式的修辭效果。例如：

04　的確，一個人若失去自主，失去自己，那是最大的不幸，也就掉進了人生最大的陷阱。條條大路通羅馬，無論哪一條，都要自己去選擇，相信自己，永遠比讓別人來證明自己重要得多。一個人無疑要在騷動的、多變的世界面前亮出自己，勇敢地去拼搏，並果斷地、毫無顧忌地向世人宣告並展示自

己的能力、風采、氣度和才智。　　（《青年精品文摘》）

例 04 長短句結合既能清楚地把思想表達出來，又能使語言富有變化，節奏明快，大大增強了感染力。

二、 整句和散句

　　整句是指結構相同或相似、形式整齊的一組句子。散句是指結構不整齊、長短不一的句子交錯運用的一組句子。

　　整句能體現出語言的整齊美、均衡美，增強語言的氣勢和力度；散句不拘一格，靈活多變，能體現出語言的參差美、變化美。例如：

01　下棋不能無爭，爭的範圍有大有小，有斤斤計較而因小失大者，有不拘小節而眼觀全局者，有短兵相接作生死鬥者，有各自為戰而旗鼓相當者，有趕盡殺絕一步不讓者，有好勇鬥狠同歸於盡者，有一面下棋一面誚罵者，但最不幸的是爭的範圍超出了棋盤，而拳足交加。　（梁實秋《下棋》）

例 01 七個 “有……者” 屬整句，羅列了 “爭” 的範圍，形式整齊，讀來一氣呵成，酣暢淋漓。

02　院子裡有一棵小柳樹和一棵小棗樹。春天，小柳樹率先舒枝展葉，宛如美麗的小姑娘。她嘲笑小棗樹光禿禿的樹枝 “真難看”。過了好些日子，小棗樹才開始發芽長葉，而小柳樹葉子已經又細又長，她得意地在風中舞蹈。秋天到了，小棗樹結了許多又紅又大的棗子，讓人們高高興興地享用。小柳樹看看自己身上，什麼也沒有結，她羞愧地低下了頭，以為小棗樹一定會譏諷她。然而小棗樹不計前嫌，對她說："你綠得比我早，提前迎接春天，真好；再說你長得比我快，人們能在你的樹蔭下乘涼，多好！" 　　　　（滔紅單《寓言的另一種讀法》）

例 02 運用了長短不一、結構不同的散句。小柳樹和小棗樹對話的有趣情景，通過這些多變的散句生動活潑地表現了出來。

　　在實際的語言運用中，單用整句容易使語言單調、呆板，單用散句會讓語言缺少節奏感和韻律美。所以，整句和散句應該結合起來使用，這樣可以兼顧兩種句式的表達效果。例如：

03　要知道，明星不過是受到大家關注的普通人罷了；和社會上各個行當一樣，唱歌、演藝也只是一種職業；和各行各業的技藝一樣，他們表現的也是一種技藝。可當你把所有的熱情、精力和金錢都送給了那個明星的時候，我親愛的追星朋友們，你可知道，你付出這一切，換來的也許只是一個美麗的泡影。同時，生活的外延極其深厚和寬廣。除了偶像明星之外，我們還有幸福的家庭，甜蜜的愛情，純真的友情，快樂的工作，美好的人生啊。相比那個虛無縹緲的偶像明星，哪個更重要呢？　　　　（蕭琼《如此追星可以休矣》）

例 03 有整句，有散句，整散兼用，既有整齊美，又有變化美。

三、　主動句和被動句

　　主動句以施事做主語，突出動作的發出者，強調發出者的動作、行為怎麼樣。被動句以受事做主語，突出動作的承受者，強調承受者接受動作支配後的結果。

實際的語言運用中，主動句用得比較多，而被動句相對用得少一些。從修辭的角度看，被動句主要用於以下幾種情況。

1. 為了突出動作的承受者，強調承受者所經受的動作、行為及其帶來的結果。例如：

01 教室門被踢壞了，鎖不上了。

02 他的錢包給人偷走了，沒錢買回家的車票。

2. 為了保持敍述角度的一致，使前後話題連貫、語義順暢。例如：

03 好了，月亮上來了，卻又讓雲遮去了一半，老遠的躲在樹縫裡，像個鄉下姑娘，羞答答的。 （朱自清《松堂遊記》）

例 03 為了保持敍述角度的一致，讓 "月亮" 這個話題延續下去，用了一個被動句 "卻又讓雲遮去了一半"，接下去還是講的月亮怎麼樣。前後話題統一，銜接緊密。

3. 大多表示不如意的事情。例如：

04 他在回家的路上叫摩托車撞了，現在正在醫院接受治療。

05 1600 年 2 月 17 日，布魯諾在羅馬百花廣場上，被活活燒死。

四、 肯定句和否定句

同樣一個意思，既可以用肯定句表達，也可以用否定句表達，但它們的語意輕重、強弱不同。如 "他們的技術力量強"，也可說成 "他們的技術力量不弱"，前一種是肯定的說法，語意強一些；後一種是否定的說法，語意弱一些。

肯定句中如果帶有貶義或負面意義的詞語，容易引起相關人的不愉快時，就換用否定句，這樣會比較平和，如 "他個子矮"，也可說成 "他個子不高"。後一句比前一句顯得委婉些。

　　雙重否定句表示的意思是肯定的，但不同的句子肯定的意味、強度不一樣，這跟它所表達的內容和上下文有關，就多數情況來說，雙重否定句表達的肯定語意比一般肯定句更強。例如：

01　a. 整個屋苑的業主沒有他不認識的。

　　　b. 整個屋苑的業主他都認識。

02　a. 到了廣州，不能不夜遊珠江。

　　　b. 到了廣州，應該夜遊珠江。

例 01、例 02 中 a 句的肯定語意比 b 句強。

　　有時，雙重否定句用 "不是沒有" "不無" 的格式，語意反而比肯定句弱一些。例如：

03　a. 這款手機不是沒有缺點。

　　　b. 這款手機有缺點。

04　a. 你講的這些不無道理。

　　　b. 你講的這些有道理。

例 03、例 04 中 a 句的肯定語意弱些，b 句的肯定語意強些。

　　有時，為了強調、突出一件事情或一個觀點，可以同時從肯定方面和否定方面分別表述，將肯定句和否定句前後排列，從正反兩個方面說明情況或表明觀點。例如：

05　中山大學，在廣州，不在中山。

06　我快樂，不是因為我擁有的很多，而是因為我計較的很少。

這裡的肯定、否定前後排列，起到了相互映襯、加強語勢、增強效果的作用。

五、 設問句和反問句

（一）設問句

設問句主要用來提示話語的主題，吸引讀者的注意力，使表達的重點更加顯豁。例如：

01　為什麼我的眼裡常含淚水？因為我對這土地愛得深沉……
　　　　　　　　　　　　　　　　　　（艾青《我愛這土地》）

有的設問句可以起到承上啟下的作用，使文章銜接更加緊密，條理更加清晰。例如：

02　虛和實的關係，也就是理論和事例的關係。理論從哪裡來？
　　從事實中來。事實從哪裡來？從觀察中來，從實驗中來。
　　　　　　　　　　　　　（呂叔湘《把中國語言科學推向前進》）

設問句還可使文章句式顯得起伏多變，避免全文句式的單調、呆板。例如：

03　我們回顧一下歷史。人類的遠古時期，有沒有生產勞動？
　　當然有。有沒有生產力？當然有。但是有沒有科學技術？

那就說不上了，大概只是生產勞動的經驗而已。

（錢學森《對中國科學技術事業的一些思考》）

（二）反問句

反問句語勢強烈，比陳述句更有力量。反問句有肯定形式和否定形式。它所表示的意義和它的形式正相反，肯定形式表示否定意義，否定形式表示肯定意義。例如：

01　冬天來了，春天還會遠嗎？

02　我們對別人的寬容，何嘗不是對自己的寬容？

反問句在論辯中用得很頻繁，論辯需要反駁和辯護，雙方觀點針鋒相對，雙方都要想方設法維護自己的觀點並尋找對方的弱點，使用反問句可以加強語氣，強調觀點，構成心理上的優勢，營造使對方緊張的氣氛。例如：

03　正方：可是，當這位老太太得了艾滋病，社會上有多少人關
　　　　　心她呢？有成百上千的醫務工作人員去幫助她嗎？

　　　反方：一個人得了病也許不是社會問題，千百萬人得了艾滋
　　　　　病難道還不成為社會問題嗎？

　　　正方：那千百萬人還得過感冒，千百萬人還曾經得過心臟
　　　　　病，難道這都是社會問題？

　　　反方：一個人打噴嚏不是社會問題，但如果我們全場的人同
　　　　　時打個噴嚏——還不是社會問題嗎？

（首屆國際華語大專辯論會《艾滋病
是醫學問題，不是／也是社會問題》）

這裡用了多個反問句，每一個反問句都咄咄逼人，增強了進攻力和防守力。反方的最後一個反問句巧妙地避開了對方的進攻，沒有讓對方佔據優勢，反而有力地反駁了對方。

複習與練習（四）

一、 複習題

1. 長句與短句、整句與散句各有什麼樣的修辭效果？
2. 從修辭的角度看，被動句主要用於哪幾種情況？
3. 在表意相同的情況下，使用肯定句與否定句有什麼不同的表達效果？
4. 設問句、反問句各有什麼樣的修辭作用？

二、 練習題

從句子修辭角度，指出下列語句的句子形式及其表達效果。

（1）春季給您帶來沉醉，夏季給您帶來欣慰，秋季給您帶來甜美，冬季給您帶來回味。

（2）死海的水浮力為什麼那麼大？因為海水的鹹度高。

（3）我是你的員工，不是你的僕人。

（4）有時，我們總是把別人的成功歸結於運氣好，把自己的不幸歸咎於上天的不公，但有沒有想過，之所以有人能抵禦住各種聲色利祿的困擾，是因為他們思想過硬；之所以有人能在激流險灘中“勝似閒庭信步”，是因為他們實力雄厚；之所以有人能在關鍵時刻扼住命運的咽喉，是因為他們意志堅強。

（5）與學習同行，你會發現：原來春有百花，夏有涼風，秋有朗月，冬有飛雪，教師人生的四季風光竟是如此迷人！我們的教育事業原來可以如此燦爛輝煌！

（6）有誰願意和灰頭土臉、萎靡不振的人為伍呢？

（7）如果有了這樣的胸懷，還有什麼容不下的東西呢？還有什麼意見不能聽取，什麼缺點和錯誤不能改正呢？

（8）北京的氣候，對養花來說，不算很好。冬天冷，春天多風，夏天不是天旱，就是大雨傾盆，秋天最好，可是忽然會鬧霜凍。在這種氣候裡，想把南方的好花養活，我還沒有那麼大的本事。因此，我只養些好種易活、自己會奮鬥的花草。

第五節　辭格

辭格就是為了增強語言表達的修辭效果而採用的一些特殊的修辭手段，由於這些修辭手段大都有一定的格式，因此叫修辭格，簡稱辭格。

一、比喻

比喻是指在描寫事物或說明道理時，用跟它有相似點但本質上又不同的別的事物或道理來打比方。

（一）比喻的構成要素

比喻有三個構成要素，即本體、喻體和喻詞。本體是指被比喻的事物，喻體是指用來比喻的事物，喻詞是連接本體和喻體的詞語。例如：

> 誘惑猶如病毒，人們只有堅定地抵抗誘惑，朝着正確的目標前進，不受外界的干擾和影響，達到一種忘我的境界，才有可能是最後的贏家。　　　　　　　　　（劉露《抵制誘惑》）

上例中“誘惑”是本體，“病毒”是喻體，“猶如”是喻詞。本體、喻體可以是具體的人或事物，也可以是某種動作、行為、性質、道理等。

（二）比喻的類型

根據本體、喻體和喻詞運用情況的不同，比喻可以分為明喻、暗喻和借喻三種常見的類型。

1. 明喻

本體、喻體都出現，喻詞是"像、好像、如、如同、猶如、似、恰似、好似、若、彷彿"等詞語。例如：

> 01　按捺不下的好奇心和希冀像火爐上燒滾的水，勃勃的掀動
> 　　壺蓋。　　　　　　　　　　　　　　　（錢鍾書《圍城》）

喻詞"一樣、似的、一般、般"等可以單獨放在喻詞後面，也可以跟前面的"像、好像、如、如同、猶如"等一起構成"像……一樣""像……似的""如同……一般"等格式。例如：

> 02　屋裡連一朵花，一根草，都沒有，冷陰陰的如同山洞一般。
> 　　　　　　　　　　　　　　　　　　　　　（冰心《超人》）

2. 暗喻

暗喻也叫隱喻，本體、喻體也都出現，但喻詞是"是、就是、為、成為、變成、等於、當做"等詞語。例如：

> 03　每個人都有五個球：工作、健康、家庭、朋友、靈魂。工
> 　　作是橡膠球，掉下去會彈起來；另外四個都是玻璃球，掉
> 　　了……就碎了。　　　　　　　　　　　（《廣州日報》）

3. 借喻

本體不出現，也不用喻詞，直接用喻體代替本體。與明喻、暗喻相比，借喻的本體和喻體關係最密切。例如：

04 其缺點是見樹木而不見森林，揀了芝麻、綠豆卻丟了西瓜。

（吳晗《論讀書》）

例 04 用 "樹木" "森林" 來比喻個體和整體，用 "芝麻" "綠豆" 來比喻價值小的事物，用 "西瓜" 來比喻價值大的事物。

用比喻來說明事理，可以使複雜變簡單，使深奧變淺顯，使抽象變具體；用來描述事物，可以使描述的對象形象、生動；用來刻畫人物，可以使人物形象傳神、逼真。

二、比擬

把物當做人來寫，把人當做物來寫，或把一物當做另一物來寫，這種辭格叫比擬。比擬分擬人、擬物兩種。

1. 擬人

把物當做人來寫，賦予物以人的動作行為或思想情感。例如：

01 太陽就在我的身旁，我不用抬頭就可以從舷窗望見她，她在絲絲縷縷的雲層後羞怯着臉，也許是她的表情太誇張，惹得周圍的雲也一併不好意思起來。　　（何靈《高處不勝寒》）

例 01 賦予太陽和雲以人的動作行為和思想感情，增添了語言表達的生動性、情趣性。

02 在被網友戲稱為 “樓脆脆” 的這棟在建高樓，呈臥倒狀親
吻大地，並以匍匐的姿態向世人走光露底。（廣州視窗網）

例 02 將倒塌的高樓賦予人的動作行為，非常形象地描繪了在建高樓
倒塌時的情形，譏諷了樓房的建築商們偷工減料導致建築質量低劣
的行為。

2. 擬物

把人當做物來寫，使人具有物的性質、情態或動作；或把甲物
當做乙物來寫，使甲物具有乙物的一些特點、性狀。

把人當做物來寫的，例如：

03 有一天，我在家聽到打門，開門看見老王直僵僵地鑲嵌在
門框裡。 　　　　　　　　　　　　　　　（楊絳《老王》）

把甲物當做乙物來寫的，例如：

04 每天把牢騷拿出來曬曬太陽，心情就不會缺鈣了！
　　　　　　　　　　　　　　　　　　　　（《環球時報》）

05 經濟問題說多了太枯燥。這個問題打個結掛起來。
　　　　　　　　　　　　　　　　　　　　（《環球時報》）

把物當做人來寫，賦予物以人的特性，不僅能把人的感情寄託
於物，使感情得到充分的抒發，而且能把物寫得生動活潑，富有情
趣。把人當做物來寫，常含諷刺意味，帶有貶斥的感情。把一物當
做另一物來寫，使抽象的事物變成具體有形的事物，使沒有生命的
東西變成有生命的東西，用於說理更易被人們理解、接受，能鮮明

地表達作者的愛憎情感，同時也使語言顯得新穎、生動。

比擬和比喻有相似之處，它們都是以甲事物比做乙事物。但它們有一個根本的區別，那就是比喻中的喻體一定出現，而比擬中用來作為比擬的人或事物即"擬體"並不出現。

三、 借代

借代就是不用事物本來的名稱，而用跟它有密切關係的其他事物的名稱去代替。被代替的叫本體，用來代替的叫借體。例如：

01 "一年一次？"長辮子很有把握地問。（王友生《漩渦》）

"長辮子"指小說中那個有着長辮子的叫"李明"的女子。"李明"是本體，"長辮子"是借體。

根據本體與借體的關係，借代可分為不同的類型。例如：

02 大雨幫了忙，趕跑了那些討厭的眼睛。（部分代整體）

（流沙河《眼睛》）

03 小朱說，老趙您不是做生意了嗎？什麼時候您也請咱們上那兒撮一頓，讓咱們這幫劉姥姥也長回見識。（專名代泛稱）

（寧空《趕海》）

04 何潔回來，大口喘氣，指指帆布包，笑着對我說："我把你的前半生提回來了。"（"前半生"代前半生的日記——抽象代具體）

（《隨筆》）

05 方鴻漸從此死心不敢妄想，開始讀叔本華……（作者代作品）

（錢鍾書《圍城》）

06 買了兩瓶紹興，喜滋滋地往回走。（產地代產品）

07　在蘇黎世的旅館裡，擁擠着各種膚色；在蘇黎世的大街上，交響着各種語言。（事物的特徵或標記代本體）

（顧笑言《李宗仁歸來》）

借代是一種運用廣泛的辭格，只要本體和借體有某種相關性，就可構成借代。除了上面列舉的，還有很多種類。

恰當地運用借代，可以突出事物的特徵、屬性；可以豐富語意，使表達活潑風趣，行文簡潔。

運用借代需要注意兩點，一是借體要有代表性，要能代表本體；二是有的時候需要在上下文中對本體有所交代，否則借體可能指代不明。

四、 誇張

通過形象化的語言，對客觀的人、事物加以藝術化地誇大或縮小描述。這種修辭方式叫誇張。例如：

01　他委實是支撐不住了，他的一雙眼皮像有幾百斤重，只想合下來。　　　　　　　（茅盾《春蠶》）

例 01 "一雙眼皮像有幾百斤重" 說明 "他" 已到了非常困的程度。

誇張可以分成擴大誇張和縮小誇張兩種類型。

1. 擴大誇張

故意把一般的事物往大裡說。例如：

02　石油工人一聲吼，地球也要抖三抖。（電影《創業》插曲）

有時要對時間上後出現的事進行誇張，可以故意把後出現的事說成是先出現的，或是同時出現的。例如：

03　“你放心，回頭見！”劉鐵柱話音還在，人早已不見了。

（豆丁網）

2. 縮小誇張

故意把一般的事物往小裡說。例如：

04　草原上的星星懸得特別低，好像只要你高興，隨時都可以
摘下一把來。　　　　　　　（華莎《母女浪遊中國》）

誇張可以突出強調事物的特點，深刻地揭示事物的本質，鮮明地表明立場觀點，更好地渲染環境氣氛，給人以強烈的藝術感染力。

誇張要合乎情理，要有一定的事實根據；誇張要真實，包括感情的真實和意境的真實；誇張要誇得充分、突出，要讓人一看便知道是誇張，不能似是而非。誇張往往跟比喻、比擬結合在一起使用。

五、拈連

拈連就是把用於甲事物的詞語“拈”來“連”在乙事物上。一般來說，甲事物比較具體，多數在前；乙事物比較抽象，多數在後。拈連詞語跟甲事物的搭配是合乎常規的，而跟乙事物的搭配是超越常規的。例如：

01　小木船在江中吱吱呀呀地搖呀搖，年輕姑娘的天真理想也

在眼前搖呀搖，她想得太美了。

（理由《她有多少孩子——記婦產科專家林巧稚》）

"搖呀搖"跟甲事物"小木船"是常規搭配，"搖呀搖"跟乙事物"理想"是超常搭配。

運用拈連時，有的拈連詞語和甲乙事物都出現。例如：

02 "哼！你別看我耳朵聾——可我的心並不'聾'啊！"

（郭澄清《大刀記》）

有的只出現拈連詞語和乙事物。例如：

03 百里河裡桃花浪，江上漁船穿梭忙。哥撒網來妹搖槳，一網一網兜春光。 （湖北民歌）

拈連通過拈詞和拈體的超常組合，使前後兩件事物聯繫巧妙自然，賦予抽象事物以具體形象，新穎別緻，能啟發人們的聯想、感悟。

拈連以詞語的通常用法為基礎，着眼於事物之間的內在聯繫，要求連得自然順暢，不能只單純追求字面上的聯繫。拈連詞語和乙事物的組合只有聯繫它和甲事物的組合才能得到確切的理解。

六、雙關

借助語音或語義的聯繫，使同一詞語有言內和言外兩層意思，這種言在此而意在彼的修辭方式叫雙關。

從構成方式看，雙關可以分為諧音雙關和語義雙關。

1. 諧音雙關

借助音同或音近形成雙關。例如：

01　高山打鼓遠聞聲，三姐唱歌久聞名，二十七錢擺三注，九文九文又九文。　　　　　　　　　　　　（《劉三姐》）

這裡 "九文" 兩個字，與 "久聞" 諧音。漢語中的許多歇後語就是通過諧音雙關來構成的，如 "老九的兄弟——老實（老十）"、"宋江的軍師——無用（吳用）" 等。

2. 語義雙關

利用詞語的多義性形成雙關。例如：

02　您的健康是 "天大" 的事。　　　　　（天大藥業廣告詞）

03　本地話常常把普通話的第一聲念成第三聲，把第二聲反念成第一聲，陰差陽錯，一不小心就跑調。

（王安憶《B 角》）

例 02 中 "天大" 的事，既可指非常重要的事，也可指 "天大藥廠" 的事。例 03 成語 "陰差陽錯" 中的 "陰" "陽" 又分別指陰平、陽平。又如 "田裡的莊稼——土生土長"，這是在歇後語中的語義雙關。

雙關能夠指物借意，產生言在此而意在彼的效果。雙關語意含蓄，韻味無窮，能使語言表達充滿情趣。

運用雙關要求在語音或語義上有明顯聯繫，言外之意要含而不露，又要使人體會得到，要能耐人尋味。

七、 仿擬

仿擬是根據現有的語言形式臨時仿造出新的語言形式的一種修辭方式。這裡所說的語言形式包括詞語、句子和篇章。

根據仿擬的語言形式，可分為：

1. 仿詞

更換現有詞語中的某個語素，臨時仿造出一個新的詞語。例如：

01 我跟我爸爸非常像，又非常不像；非常像的是外貌，非常不像的是"內貌"。 　　　　　（夏雨田《無限青春》）

例 01 的"內貌"仿"外貌"所造，指的是觀念。

2. 仿句

更換現有語句中的某些部分，臨時仿造出一個新的語句。例如：

02 這種特殊現象，就正如我們平常所講的那樣：有意栽花花不發，無心插柳柳成蔭。但普遍性的規律則是：無心插柳難成蔭，有意栽花花才發。

　　　　　（王學兵《在岳陽一中家長會上的演講》）

3. 仿篇

仿照現有的篇章，擬出新的篇章。例如：

03 伐樹毀林何時了，綠地剩多少？塞外昨夜又颱風，城鄉不堪回首沙塵中。山川湖泊依舊在，只是綠顏改。問君環保幾多愁，恰似子胥一夜白了頭。 　　　（《成都晚報》）

此例仿照李煜的詞《虞美人·春花秋月何時了》而寫。

仿擬根據現有的語言形式臨時仿造出新的語言形式，既可使表達內容言簡意賅、富有新意，又能使語言幽默詼諧、生動活潑。

一般來說，仿擬的形式和被仿擬的對象常常同時出現在上下文中。如果只出現仿擬的形式，被仿擬的對象不出現，那麼這些沒有出現的詞、句、篇通常都是大家所熟知的。

八、 反語

反語是指故意使用與本來意思相反的語句來表達本意的一種修辭格。也叫"反話"。反語的字面意義和實際要表達的意義正好相反。

根據反語的語言形式和意義的不同，可分為反話正說和正話反說兩類。

1. 反話正說

用正面的話語表達反面的意思。這種反語往往是褒詞貶用。例如：

> 01　丁文中：凌軒，你好風光喲！你的大名上了牆壁，還勸你
> 　　　　　懸崖勒馬呢！
> 　　方凌軒：哼，多承他們抬舉！　　　　（蘇叔陽《丹心譜》）

這裡的"風光"實際上是"倒霉"的意思，"抬舉"實際上是"打擊"的意思。反話正說，比直接說更有力量，具有諷刺幽默的修辭效果。

2. 正話反說

用反面的話語表達正面的意思。這種反語往往是貶詞褒用。例如：

> **02** "你——真壞！" 阿梅打她的男朋友去了，撒下了一串快樂
> 的笑聲。　　　　　　　　　（廖紅雷《毗鄰香港的漁村》）

例 02 "壞" 是個貶義詞，這裡實際上表達了對男朋友的愛意。正話反說，幽默詼諧，帶有喜愛、親切的感情意味。

反語話中有話，意在反面，明褒暗貶，明貶暗褒，是一種很幽默的修辭方式。反語是感情激發的結果，在一定的語言環境中，它往往比正說感情更強烈，更能發人深省，更深刻有力。

反語要恰當，感情要鮮明。反語要使人一看便知，不能晦澀費解，為此，需要有上下文跟它配合，口頭上常用特殊的語調來體現反語，書面上常通過加引號來標明。

九、 排比

把三個或三個以上結構相同或相似、內容相關、語氣一致的語句排列起來，這種修辭方式叫排比。例如：

> **01** 燕子去了，有再來的時候；楊柳枯了，有再青的時候；桃
> 花謝了，有再開的時候。　　　　　　　　（朱自清《匆匆》）

依據排比的語言結構，可分為句子成分的排比和句子的排比。

1. 句子成分的排比

02 那古樸的葉片，那繁花，給我這不到 12 平方米的陋室卻帶來一室的春光，一室的清香，一室的暖意。　　（《隨筆》）

例 02 是賓語的排比。此外還有主、謂、定、狀、補語的排比等。

2. 句子的排比

單句排比。例如：

03 未來的中國，將是一個經濟發達、人民富裕的國家；未來的中國，將是一個充分實現民主法治、公平正義的國家；未來的中國，將是一個更加開放包容、文明和諧的國家；未來的中國，將是一個堅持和平發展、勇於擔當的國家。

（《東方早報》）

複句排比。例如：

04 你不知道自己上學花了多少錢，但是在學校裡度過的美好時光讓你永生難忘。你記不清家人的醫療賬單有多厚，但是你永遠感激拯救親人生命的白衣天使。你記不清度蜜月的花費，但是在一起的浪漫讓你心存溫馨。

（馮國川《閱歷勝於財富》）

　　排比運用結構相同或相似的整句形式，把相關的內容一氣呵成地表達出來，語勢強烈，語意貫通，節奏整齊有力。

　　排比強調結構相同或相似，但允許在不破壞整體統一的前提下有小的變化。

十、 對偶

　　把字數相等、結構相同（或基本相同）、意義相近、相反或相連的兩個句子或短語成雙作對地排列在一起，這種修辭方式叫對偶。

　　對偶可分為正對、反對、串對三類。

1. 正對

　　上下聯意義相同、相近，兩聯內容上互相補充。例如：

01　領百粵風騷開一園桃李，攬九天星斗寫千古文章。

（黃天驥）

2. 反對

　　上下聯意義相反、相對，兩聯內容上互相映襯。例如：

02　黑髮不知勤學早，白首方悔讀書遲。　（顏真卿《勸學》）

3. 串對

　　上下兩聯意義相承、相接。由於上句和下句順勢而下，兩句順序不可調換，因此，串對又叫流水對。例如：

03　煮沸三江水，同飲五嶽茶。　　　　　　（茶館廣告）

　　對偶還可分為嚴對和寬對兩種。嚴對要求上下句字數相等，結構相同，相對部分詞性一致，平仄相對，不重複用字，如例 01、02、03。寬對在形式上要求不那麼嚴格，只要求字數相等，結構基本相同，音韻大體和諧就可以了，有的上下句還用相同的字。例如：

04	合作發展大趨勢，互利共贏大潮流	（大洋網）
05	慘象，已使我目不忍視；流言，尤使我耳不忍聞。	

（魯迅《記念劉和珍君》）

對偶在中國古代的詩詞中用得非常普遍，在現代漢語中運用範圍也相當廣泛。許多對聯、諺語、廣告語、標題等也常用對偶。例如：

06	好山好水處處風光好　新人新事行行氣象新	（對聯）
07	寧可信其有，不可信其無	（諺語）
08	千年羊城，南國明珠	（廣州城市形象宣傳語）
09	"趕鴨團"遭冷落，"慢遊團"受青睞	（新聞標題）

對偶在形式上整齊美觀，協調勻稱，顯示出一種對稱美；在內容上言簡意賅，概括力強，顯示出一種凝練美。

運用對偶時要考慮是否適應表達內容的需要，不可為了追求形式上的工整而任意拼湊，使用嚴對有損內容表達時，就採用寬對，不必刻意追求字面上的完美。

複習與練習（五）

一、 複習題

1. 什麼是比喻？比喻中的明喻、暗喻和借喻有什麼不同？
2. 什麼是比擬？比擬和比喻有什麼不同？
3. 什麼是借代？常見的借代類型有哪些？
4. 什麼是誇張？誇張有哪些類型？

5. 什麼是拈連？

6. 什麼是雙關？雙關的構成方式有哪些？

7. 什麼是仿擬？仿擬有哪些類型？

8. 什麼是反語？反語有哪些類型？

9. 什麼是排比？

10. 什麼是對偶？對偶有哪些類型？

二、 練習題

指出下列句子或段落所使用的修辭格，並具體說明它們的修辭功能。

1. 半公斤榜樣，比一噸教訓更值錢。

2. 不寫情詞不寫詩，一方素帕寄心知，心知接了顛倒看，橫也絲來豎也絲。這般心事有誰知？

3. 一個國家、一個民族，總要有一批心憂天下、勇於擔當的人，總要有一批從容淡定、冷靜思考的人，總要有一批剛直不阿、敢於直言的人。

4. 他是懦夫上校，一個拿破侖帝國時代的軍人，在榮譽和愛國觀念上是個"老頑固"。

5. 米醋醬油巧成三角，香軟酥甜不費幾何。

6. 謊言是擱淺的鯊魚，它可能會活蹦亂跳，看起來很嚇人。但你只要靜靜地等，過不了多久它就死了。

7. 要說渴，真有點渴，嗓子冒煙臉冒火，我能喝它一條江，我能喝它一條河。

8. 不料來到夕佳樓下，卻登不了樓，一把鐵鎖，鎖住雙扉，也鎖住了遊人的興致。

9. 這山峽，天晴的日子，也成天不見太陽；順著彎曲的運輸便道走去，隨便你什麼時候仰面看，只能看見巴掌大的一塊天。

10. 愛是一杯水，平凡中見真滋味；愛是一杯茶，有沁人心脾的芳香；愛是一杯咖啡，香濃味留轉唇齒間；愛是一杯酒，濃烈的滋味留在心頭。

11. 細胞刀脊髓止痛術——讓癌症患者“安樂活”。

12. 一步登天為拙招，得寸進尺方有效。

13. 攬天下名品，獻人間真情。

14. 三人行必有我師，三人行必有我鞋。

15. “原來你家小栓碰到了這樣的好運氣了。這病自然一定全好；怪不得老栓整天的笑着呢。” 花白鬍子一面說，一面走到康大叔面前……

16. 在高原的土地上種下了一株株的樹秧，也就是種下了一個個美好的希望。

17. 風過去了，只剩下直的雨道，扯天扯地地垂落，看不清一條條的，只是那麼一片，一陣，地上射起無數的箭頭，房屋上落下萬千條瀑布。

18. 沒有幽默感的人就像沒有減震器的車，路上每塊石子都讓它左搖右晃。

19. 桃樹、杏樹、梨樹，你不讓我，我不讓你，都開滿了花趕趟兒。

20. 自行車下坡——不踩（睬）你。

課程延伸內容

一、 補充辭格

（一）頂真

頂真又叫"聯珠"，就是用前一句結尾的詞語做後一句的開頭，使前後語句首尾相連，上遞下接的修辭方式。例如：

01 沒有天哪有地，沒有地哪有家，沒有家哪有你，沒有你哪有我……　　　　　　　　　　　　　　　（歌詞《酒干倘賣無》）

02 從某種程度上來說，我們也靠天吃飯。天氣好，我們的生意就好；生意好，我們的心情就好；心情一好，什麼都好。　　　　　　　　　　　　　　　　　　　　　（王大進《紀念物》）

03 更何況她還有一個兒子。而且人的年紀越大，便越發地清醒。越發地清醒，便越發地難以結婚。她們往往會把婚姻看成是一種災難。　　　　　　　　　　　　（張潔《方舟》）

頂真在語言形式上勻稱整齊，節奏鮮明，讀起來語勢暢達，情趣橫生，能增添音樂美感。

（二）迴環

迴環是利用同一詞語或句子的順序顛倒，構成一順一反的往復語句，來表達事物之間的緊密聯繫，使之富於勻稱美和音樂美。例如：

01 天上的月亮在水裡，水裡的月亮在天上。

（歌曲《月之故鄉》）

02 喝酒不駕車，駕車不喝酒 （公益廣告）

03 開水不響，響水不開。 （諺語）

迴環由於結構整齊勻稱，語言幹練，能產生強烈的節奏感，具有一種迴環往復的音樂美。

（三）層遞

根據事物的邏輯關係，將三個或三個以上結構相似的詞語或句子，按照事物的前後、大小、高低、輕重、深淺等順序排列在一起，叫層遞。例如：

01 注意某人，需要一分鐘；喜歡某人，需要一小時；愛上某人，需要一天；忘記某人，需要一生。 （《廣州日報》）

02 畫匠用手作畫；藝術家用手和腦作畫；大師用手和腦通過心靈作畫。 （《環球時報》）

03 我知道地球在宇宙中的位置，中國在地球上的位置，我在中國的位置。 （邵燕祥《中國怎樣面對挑戰》）

例01、02是遞升，例03是遞降。層遞能使語意一環緊扣一環，步步深入，形成一種層次美。

層遞與排比有相似之處，都是由三項或三項以上組成，但層遞着眼於內容上的等級性，排比着眼於內容上的平列性；層遞不強調結構上的相同或相似性，排比突出強調結構上的相同或相似性。

（四）對比

對比又叫對照，是指把兩種不同事物或同一事物的兩個不同的方面放在一起相互比較的一種修辭方式。例如：

01 天堂與地獄，只有一個字相隔，那就是愛。有愛的地方，就是溫暖的天堂；無愛的地方，就是冰冷的地獄。

（馬德《有句話常掛在嘴邊》）

02 出了問題後，君子尋找補救的辦法，小人尋找推卸責任的借口。 （《環球時報》）

03 心小了，所有的小事就大了；心大了，所有的大事就小了。

（《廣州日報》）

對比將對立的兩個事物或一個事物矛盾的兩個方面加以對照，突出所要表現的方面，在鮮明的對比中，能夠更加深刻地揭示事物的本質，表明作者的主觀態度。

（五）映襯

為了突出主體事物，用相似、相反或者相關的事物做背景，去烘托、陪襯主體事物的修辭方式，叫映襯。也叫“襯托”。例如：

01 這天是個初冬的好天氣，日頭挺暖和，結下一層薄冰的冰河，有些地方凍化了，河水輕輕流着，聲音像敲小鑼鼓。

（康濯《我的兩家房東》）

02 四顧只是茫茫一片，那樣的平坦，連一個“坎兒井”也找不到，那樣的純然一色……又是那樣的寂靜，似乎也只有熱空氣在作哄哄的火響。 （茅盾《風景談》）

例 01 以美好的景物來正面襯托人物的快樂心情。例 02 茫茫沙漠無半點聲響，但作者卻巧妙地借助聽覺上的錯覺 "哄哄的火響" 來反襯主體沙漠的 "寂靜"。

恰當地運用襯托，可以使主次分明，使需要表達的主題更鮮明，更突出。

映襯與對比不同，映襯的主體事物和襯托事物之間有主次之分；對比是兩事物之間的相互比較，沒有主次之分。

（六）通感

通感就是通過聯想，將適用於描寫甲類感官上的詞語巧妙地用於描寫乙類感官，使聽覺、視覺、嗅覺、觸覺、味覺等各種感官彼此相通的一種修辭格。由於感官發生了轉移，所以這種修辭格又叫移覺。例如：

01　突然是綠茸茸草坂，像一支充滿幽情的樂曲……（由視覺移向聽覺）　　　　　　　　　　　（劉白羽《長江三日》）

02　每逢看到蜜蜂，感情上疙疙瘩瘩的，總不怎麼舒服。（由視覺移向觸覺）　　　　　　　　　（楊朔《荔枝蜜》）

03　女子們朗朗的笑聲，像水上的波紋，在工地的上空蕩漾開去。（由聽覺移向視覺）　　　　（魏鋼焰《綠葉讚》）

04　她的聲音像蜜，聽着甜滋滋的。（由聽覺移向味覺）

　　　　　　　　　　　　　　（李叔德《賠你一隻金鳳凰》）

05　微風過處，送來了縷縷清香，彷彿遠處高樓上渺茫的歌聲似的。（由嗅覺移向聽覺）　　（朱自清《荷塘月色》）

恰當地運用通感，讓各種感官互相溝通，由一種感覺移向另一種感覺，從而引發人們的聯想，從不同角度去抒情狀物，既能使描述的事物更具可感性，又能增添表情達意的審美情趣。

通感常常借助比喻、比擬等修辭方式來表達，但通感和比喻又有很大區別，比喻重在"喻"，本體和喻體屬於同一感官感受到的事物，通感重在"移"，由一種感覺移向另一種感覺，把二者溝通起來，讓人們體會其中的微妙。

二、 辭格的綜合運用

一個句子或一段話中同時出現兩種或兩種以上的辭格，就是辭格的綜合運用，主要有疊用、連用、套用三種情況。

（一）辭格的疊用

兩種或兩種以上的辭格交織在一起，互相重疊，融為一體。例如：

01 先天下之憂而憂，後天下之樂而樂。

02 智者千慮，必有一失；愚者千慮，必有一得。

例 01、02 是對偶與對比的疊用。

03 她們從小跟這船打交道，駛起來，就像織布穿梭，縫衣透針一般快。 （孫犁《荷花淀》）

例 03 是比喻和誇張的疊用。

04 窮人戴鑽石，人家以為是玻璃；富人戴玻璃，人家以為是鑽石──世俗眼光。 （《廣州日報》）

例 04 是對比、對偶和迴環的疊用。

辭格疊用可以從"橫看成嶺側成峰，遠近高低各不同"這一詩句中得到解釋，從這個角度看是一種辭格，從另一角度看又是一種辭格。疊用可使具有不同修辭效果的多種辭格疊加在一起共同起作用，能大大增添語言表達的文采和感染力。

（二）辭格的連用

在一段話中，前後接連出現幾個辭格，這幾個辭格平等並列，互相補充。

辭格的連用有的是同類辭格連用。例如：

01 我靜靜地坐在書桌前面。回憶凝成一塊鐵，重重地壓在我的頭上；思念細得像一根針，不斷地刺着我的心；血像一層霧在我的想像中升上來，現在連電燈光也帶上猩猩的顏色。 （《巴金小說精編》）

例 01 第二、三、四句都是比喻，它們是同類辭格的連用。

有的是異類辭格連用。例如：

02 不要像蒲公英一樣，等待那一陣風，風或許會把你吹到肥沃的土地，但更多的是岩石、河水，我們要主宰自己，好好把握現在，把翅膀練硬了，才有飛翔的那天。 （《廣州日報》）

例 02 先後用了比喻和比擬兩個辭格。

同類辭格連用可以增強同一辭格的表達效果。異類辭格連用，可以豐富所要表達的思想內容，使語言形式顯得多姿多彩。

（三）辭格的套用

辭格的套用是指一種辭格中又包含着其他辭格，形成甲辭格套乙辭格的包容關係。例如：

> 秋天了，成熟的果實卻低下了頭。它不是在孤芳自賞，也不是在自我陶醉，更不是在哀泣自己將跌落枝頭。它是在想：我是怎樣成熟的呢？（郁達夫《故都的秋》）

上例從總體來看，使用了擬人的手法，但擬人中又包含排比的手法。

辭格套用，使甲辭格有所增補，乙辭格有所借助，二者相互照應陪襯，相得益彰。

（四）疊用、連用、套用相互之間的並用

實際的語言運用中，修辭格的綜合運用形式還有更為多樣、更為複雜的。例如：

01　勤奮是點燃智慧的火花，懶惰是埋葬天才的墳墓。

例 01 是對比、對偶疊用，裡面又包含兩個比喻。

02　葉子出水很高，像亭亭的舞女的裙。層層的葉子中間，零

星地點綴着些白花，有裊娜地開着的，有羞澀地打着朵兒的；正如一粒粒明珠，又如碧天裡的星星，又如剛出浴的美人。　　　　　　　　（朱自清《荷塘月色》）

例 02 連用了比喻、比擬和排比三種辭格，排比內部又包含了三個連用的比喻。

03　有的石頭像蓮花瓣，有的像大象頭，有的像老人，有的像臥虎，有的錯落成橋，有的兀立如柱，有的側身探海，有的怒目相向。　　　　　　　　（李健吾《雨中登泰山》）

例 03 總體看是個排比，排比裡面包含了六個連用的比喻和兩個連用的比擬。

思考與討論

1. 用頂真、迴環、層遞、對比、映襯、通感六種辭格各造一句。
2. 嘗試分別寫出辭格疊用、連用、套用的句子。

第六節　語體

　　語體是在語言使用過程中，因交際領域、內容、方式、目的、對象的不同，逐漸形成的言語體式，這些言語體式各自具有一系列相對穩定的語言運用特點。

　　語體不同於文體。語體是一種言語體式，文體是文章的體裁、體制或樣式。語體是一種語言運用現象，屬語言學的範疇；文體屬文章學或文學的研究範圍。語體有口語形式和書面形式；文體則僅指書面形式。

　　語體主要有談話語體、公文語體、科技語體、文藝語體等。

一、 談話語體

　　談話語體主要用於日常交際。談話語體的修辭特徵是通俗、明晰、簡約、生動。

　　談話語體的語言運用特點具體表現在以下幾方面：

　　1. 充分利用各種語音修辭手段。語調、語速、重音、停延、節奏、重複、摹聲等等都是談話語體經常利用的語音修辭手段。這是其他語體比較少有的修辭特徵。

　　2. 大量使用帶有主觀色彩和形象色彩的詞語。帶有主觀色彩的詞語如褒義詞、貶義詞、兒化詞、計人量詞（位、幫、夥、撮）、嘆詞、副詞、委婉語、稱呼語、部分熟語等。帶有形象色彩的詞語如"藍天、綠水、蜂窩煤、水蛇腰、月牙泉、乒乓球、馬後炮、下馬威、大鍋飯、豆腐渣工程”等。

3. 大量使用非主謂句或者省略句；多用單句，少用複句；句子短小，結構簡單，修飾成分少。

4. 主要使用通俗易懂的修辭格。常用的有比喻、擬人、借代、誇張、雙關、反語等。

5. 大量借助肢體、神態等輔助手段來表情達意。這是談話語體的顯著特徵，其他語體很少使用。

二、 公文語體

公文語體也稱事務語體，主要用來處理國家機關、社會團體之間的行政或工作事務以及機關團體與社會成員、社會成員之間的事務，包括各種行政公文文體（如通知、請示、公告），各種法規制度文體（如條例、守則），各種資料性文體（如紀要、備忘錄），其他事務文體（如合同、啟事）。

公文語體的修辭特徵是準確、規範、簡明、莊重。公文語體的用字要符合國家規定的用字法規，用詞要用規範的普通話詞彙，造句要符合現代漢語語法規範，內容表達要簡潔扼要，行文要端莊嚴肅、平穩持重。

公文語體的語言運用特點具體表現在以下幾方面：

1. 大量使用專有的公文語體詞。公文語體有一批相對固定專用的詞語，如文種用語“公告、公報、通告、通報、通知、報告、指示、請示、批復”等；起始用語“自、為、關於、鑒於、根據、遵照、茲將、茲定於”等；結尾用語“此復、此致、當否、妥否、請批示、請批復”等；經辦用語“試行、暫行、公佈、發佈、抄送、抄報、轉發”等；表態用語“應須、嚴禁、准予、參照執行、頒佈實施”等；稱謂用語“我、本、該、你、貴、尊”等。這是公文語體的顯著特徵。

2. 大量使用 "的" 字短語、介詞短語和聯合短語。"的" 字短語常在公文語體中做主語，也常用於公文語體的條款列項中。如："有下列情形之一的，護照持有人可以按照規定申請換發或者補發護照：（一）護照有效期即將屆滿的；（二）護照簽證頁即將使用完畢的；（三）護照損耗不能使用的；（四）護照遺失或者被盜的。"介詞短語在公文語體中多充當句子的狀語和定語，且常用於標題和文章的起始部分，起明確目的、確定依據和限定範圍的作用。聯合短語可以使表意更加周密，因此在公文語體中大量使用。

3. 大量使用陳述句和祈使句，結構上則表現為多使用動詞性非主謂句。如 "本憲法以法律的形式確認了中國各族人民奮鬥的成果，規定了國家的根本制度和根本任務，是國家的根本法，具有最高的法律效力"，"對於涉及國家機密的證據，應當保密"，"要安排銜接好產區和銷區之間的糧食購銷，認真執行糧食調運計劃"，"禁止破壞婚姻自由，禁止虐待老人、婦女和兒童" 等，均為陳述句和祈使句。公文語體的內容多是法律條文、規範守則、約定須知，具有強制力，其執行者和遵循者多不言自明，因此在結構上才會經常使用動詞性非主謂句。

4. 較少使用修辭格。公文語體雖然不完全排斥修辭格的使用，但相對其他語體而言，修辭格的使用頻率要小得多。

5. 篇章結構程式化。公文語體在長期的使用過程中，根據使用場合的不同形成一些固定的格式，如規章制度、通告、通知、合同、介紹信、借據、證明、聘書等都有其固定格式。

三、 科技語體

科技語體也稱科學語體，主要用於科學技術領域。科技語體可再分為專門科技語體和通俗科技語體，前者面向專業人士，後者面向非專業人士。

專門科技語體的修辭特徵是精確、嚴謹，排斥帶有感情色彩的表達。

專門科技語體的語言運用特點具體表現在以下幾方面：

1. 大量使用科技術語、外來詞、國際通用詞。科技術語具有表意的專一性和精確性，不帶有主觀感情色彩。科技術語很多是外來詞，其中不少是國際通用詞。這是專門科技語體的顯著特徵。

2. 句子的選用比較單一。句類上大量使用陳述句，句型上多使用主謂句。多用長句，句子結構複雜，大量使用限定性定語，介詞短語做狀語、定語的頻率比較高。多用複句，注重關聯詞語的使用，較少省略關聯詞語。

3. 很少使用修辭格。專門科技語體不追求語言的藝術化表達，只需要準確的語言，因此在具有積極表達效果的修辭格的使用上比公文語體還要嚴格，只會偶爾地使用到比喻（主要是明喻）等個別修辭格。

4. 篇章結構規範化。專門科技語體的篇章結構通常為：標題、作者、提要、關鍵詞、引言、正文、結論、致謝、注釋、參考文獻等，有特定的規範，便於學習、寫作、貯存、查尋等。

通俗科技語體面向廣大的非專業人士，它的修辭特徵是通俗、明快。多用日常口語的方式把科技術語的內容通俗地表達出來，句式上比較靈活多變。為增加讀者的興趣，會適當地使用比喻、比擬、對偶、排比等修辭格。但在嚴謹、科學、客觀等方面，通俗科技語體與專門科技語體的修辭特徵大體一致。

四、 文藝語體

文藝語體，主要用於文學藝術創作領域。文藝語體包括文藝作品的各種文體，可歸納為散文體、韻文體和戲劇體三類。

文藝語體的修辭特徵是突出形象感，注重情感和美感的表達、渲染。

文藝語體的語言運用特點具體表現在以下幾方面：

1. 充分利用語音、詞彙的修辭功能。押韻、雙聲疊韻、諧音雙關、諧音仿詞、平仄相間等，是文藝語體中常用的語音修辭手段。利用詞語的聯想義、引申義、比喻義、感情色彩、形象色彩、風格色彩等來傳遞豐富的情感內涵，這也是文藝語體在詞語使用方面與其他語體顯著不同的地方。

2. 句子形式靈活多樣，不拘一格。根據具體的情境，句子可長可短，可整可散，可按常規組織，也可變化使用；可陳述、祈使，也可發問、感嘆。這是文藝語體在句子使用方面與其他語體明顯不同的地方。

3. 靈活使用各種修辭格。修辭格在文藝語體中沒有任何使用限制，並且新的修辭格也多在文藝語體中產生。

4. 語言風格豐富多樣。文藝語體不僅有時代風格、地域風格、作家作品個人風格的不同，在表現風格上也是多種多樣，或繁豐或簡約，或豪放或柔婉，或樸實或藻麗，或明快或蘊藉，等等。

複習與練習（六）

一、 複習題

1. 什麼是語體？語體和文體有什麼不同？

2. 各種語體都有什麼樣的修辭特徵？

3. 各種語體的語言運用特點具體表現在哪些方面？

二、練習題

1. 從語體的角度分析下面改句的合理性。

（1）原句：吳媽此後倘有不測，應由阿 Q 負責。

改句：吳媽此後倘有不測，惟阿 Q 是問。

（魯迅小說《阿 Q 正傳》中，阿 Q 訂立的五條約）

（2）原句：小草看蜜蜂去了，心裡還是切切念着他；不知道
醫生給他診治能否速效……

改句：小草看蜜蜂飛走了，心裡還是很惦記着它；不知
能不能快治好……

（葉聖陶童話《含羞草》）

（3）原句：張宗禮怕出險，放平車子時，叫放一點鐘五公里
的速度。

改句：張宗禮怕出險，放平車時，叫慢着點。

（楊朔小說《北黑線》）

（4）原句：我的確是有點怨哀，但我的怨哀並不是怕和你別
離，乃是恨我自己身非男子。

改句：我的確是有點悲哀，但我悲哀的不是怕和你別
離，我悲哀的是我不是男子。

（郭沫若話劇《棠棣之花》）

2. 根據括號中所示語體的修辭要求，修改下列句子。

（1）自從青海玉樹地區發生地震災害以來，我市各界對災區
人民生活甚是關心，積極開展賑災活動，捐款（包括實物折
款）累計已逾百萬之巨。（廣播稿）

（2）我校教室共有八間，有五間正處於風雨飄搖之中，東倒
西歪，朝不保夕，十分危險，迫切希望教委伸出援助之手，
撥款修整為荷。（某校給教育局的請示）

3. 對比下面兩個段落，分析它們的語體歸屬和修辭特點。

（1）然而，枝繁葉茂的滿園綠色，卻僅有零零落落的幾處淺紅、幾點粉白。一叢叢半人高的牡丹植株之上，昂然挺起千頭萬頭碩大飽滿的牡丹花苞，個個形同仙桃，卻是朱唇緊閉，潔齒輕咬，薄薄的花瓣層層相裹，透出一副傲慢的冷色，絕無開花的意思。偌大的一個牡丹王國，竟然是一片黯淡蕭瑟的灰綠……

（2）牡丹為多年生落葉小灌木，生長緩慢，株型小，株高多在 0.5-2 米之間；根肉質，粗而長，中心木質化，長度一般在 0.5-0.8 米，極少數根長度可達 2 米。葉子有柄，羽狀複葉，小葉卵形或長橢圓形，花大、單生，通常深紅、粉紅或白色，是著名的觀賞植物。

附錄一

標點符號用法

中華人民共和國國家標準 （GB/T 15834—2011 代替 GB/T 15834—1995）

1 範圍

本標準規定了現代漢語標點符號的用法。

本標準適用於漢語的書面語（包括漢語和外語混合排版時的漢語部分）。

2 術語和定義

下列術語和定義適用於本文件。

2.1 標點符號 punctuation

輔助文字記錄語言的符號，是書面語的有機組成部分，用來表示語句的停頓、語氣以及標示某些成分（主要是詞語）的特定性質和作用。

注：數學符號、貨幣符號、校勘符號、辭書符號、注音符號等特殊領域的專門符號不屬於標點符號。

2.2 句子 sentence

前後都有較大停頓、帶有一定的語氣和語調、表達相對完整意義的語言單位。

2.3 複句 complex sentence

由兩個或多個在意義上有密切關係的分句組成的語言單位，包括簡單複句（內部只有一層語義關係）和多重複句（內部包含多層語義關係）。

2.4 分句　clause

複句內兩個或多個前後有停頓、表達相對完整意義、不帶有句末語氣和語調、有的前面可添加關聯詞語的語言單位。

2.5 語段　expression

指語言片段，是對各種語言單位（如詞、短語、句子、複句等）不做特別區分時的統稱。

3　標點符號的種類

3.1 點號

點號的作用是點斷，主要表示停頓和語氣。分為句末點號和句內點號。

3.1.1 句末點號

用於句末的點號，表示句末停頓和句子的語氣。包括句號、問號、嘆號。

3.1.2 句內點號

用於句內的點號，表示句內各種不同性質的停頓。包括逗號、頓號、分號、冒號。

3.2 標號

標號的作用是標明，主要標示某些成分（主要是詞語）的特定性質和作用。包括引號、括號、破折號、省略號、着重號、連接號、間隔號、書名號、專名號、分隔號。

4 標點符號的定義、形式和用法

4.1 句號

4.1.1 定義

句末點號的一種，主要表示句子的陳述語氣。

4.1.2 形式

句號的形式是 " 。 " 。

4.1.3 基本用法

4.1.3.1 用於句子末尾，表示陳述語氣。使用句號主要根據語段前後有較大停頓、帶有陳述語氣和語調，並不取決於句子的長短。

示例 1：北京是中華人民共和國的首都。

示例 2：（甲：咱們走着去吧？）乙：好。

4.1.3.2 有時也可以表示較緩和的祈使語氣和感嘆語氣。

示例 1：請你稍等一下。

示例 2：我不由地感到，這些普通勞動者也同樣是很值得尊敬的。

4.2 問號

4.2.1 定義

句末點號的一種，主要表示句子的疑問語氣。

4.2.2 形式

問號的形式是 " ？ " 。

4.2.3 基本用法

4.2.3.1 用於句子末尾，表示疑問語氣（包括反問、設問等疑問類型）。使用問號主要根據語段前後有較大停頓、帶有疑問語氣和語調，並不取決於句子的長短。

示例 1：你怎麼還不回家去呢？

示例 2：難道這些普通的戰士不值得歌頌嗎？

示例 3：（一個外國人，不遠萬里來到中國，幫助中國的抗日戰爭。）這是什麼精神？這是國際主義的精神。

4.2.3.2 選擇問句中，通常只在最後一個選項的末尾用問號，各個選項之間一般用逗號隔開。當選項較短且選項之間幾乎沒有停頓時，選項之間可不用逗號。當選項較多或較長，或有意突出每個選項的獨立性時，也可每個選項之後都用問號。

示例 1：詩中記述的這場戰爭究竟是真實的歷史描述，還是詩人的虛構？

示例 2：這是巧合還是有意安排？

示例 3：要一個什麼樣的結尾：現實主義的？傳統的？大團圓的？荒誕的？民族形式的？有象徵意義的？

示例 4：（他看着我的作品稱讚了我。）但到底是稱讚我什麼：是有幾處畫得好？還是什麼都敢畫？抑或只是一種對於失敗者的無可奈何的安慰？我不得而知。

示例 5：這一切都是由客觀的條件造成的？還是由行為的慣性造成的？

4.2.3.3 在多個問句連用或表達疑問語氣加重時，可疊用問號。通常應先單用，再疊用，最多疊用三個問號。在沒有異常強烈的情感表達需要時不宜疊用問號。

示例：這就是你的做法嗎？你這個總經理是怎麼當的？？你怎麼竟敢這樣欺騙消費者？？？

4.2.3.4 問號也有標號的用法，即用於句內，表示存疑或不詳。

示例 1：馬致遠（1250？—1321），大都人，元代戲曲家、散曲家。

示例 2：鍾嶸（？—518），潁川長社人，南朝梁代文學批評家。

示例 3：出現這樣的文字錯誤，說明作者（編者？校者？）很不認真。

4.3 嘆號

4.3.1 定義

句末點號的一種，主要表示句子的感嘆語氣。

4.3.2 形式

嘆號的形式是"！"。

4.3.3 基本用法

4.3.3.1 用於句子末尾，主要表示感嘆語氣，有時也可表示強烈的祈使語氣、反問語氣等。使用嘆號主要根據語段前後有較大停頓、帶有感嘆語氣和語調或帶有強烈的祈使、反問語氣和語調，並不取決於句子的長短。

示例1：才一年不見，這孩子都長這麼高啦！

示例2：你給我住嘴！

示例3：誰知道他今天是怎麼搞的！

4.3.3.2 用於擬聲詞後，表示聲音短促或突然。

示例1：咔嚓！一道閃電劃破了夜空。

示例2：咚！咚咚！突然傳來一陣急促的敲門聲。

4.3.3.3 表示聲音巨大或聲音不斷加大時，可疊用嘆號；表達強烈語氣時，也可疊用嘆號，最多疊用三個嘆號。在沒有異常強烈的情感表達需要時不宜疊用嘆號。

示例1：轟！！在這天崩地塌的聲音中，女媧猛然醒來。

示例2：我要揭露！我要控訴！！我要以死抗爭！！！

4.3.3.4 當句子包含疑問、感嘆兩種語氣且都比較強烈時（如帶有強烈感情的反問句和帶有驚愕語氣的疑問句），可在問號後再加嘆號（問號、嘆號各一）。

示例1：這麼點困難就能把我們嚇倒嗎？！

示例2：他連這些最起碼的常識都不懂，還敢說自己是高科技人材？！

4.4 逗號

4.4.1 定義

句內點號的一種，表示句子或語段內部的一般性停頓。

4.4.2 形式

逗號的形式是 "，" 。

4.4.3 基本用法

4.4.3.1 複句內各分句之間的停頓，除了有時用分號（見 4.6.3.1），一般都用逗號。

示例 1：不是人們的意識決定人們的存在，而是人們的社會存在決定人們的意識。

示例 2：學歷史使人更明智，學文學使人更聰慧，學數學使人更精細，學考古使人更深沉。

示例 3：要是不相信我們的理論能反映現實，要是不相信我們的世界有內在和諧，那就不可能有科學。

4.4.3.2 用於下列各種語法位置：

a）較長的主語之後。

示例 1：蘇州園林建築各種門窗的精美設計和雕鏤功夫，都令人嘆為觀止。

b）句首的狀語之後。

示例 2：在蒼茫的大海上，狂風捲集着烏雲。

c）較長的賓語之前。

示例 3：有的考古工作者認為，南方古猿生存於上新世至更新世的初期和中期。

d）帶句內語氣詞的主語（或其他成分）之後，或帶句內語氣詞的並列成分之間。

示例 4：他呢，倒是很樂觀地、全神貫注地幹起來了。

示例 5：（那是個沒有月亮的夜晚。）可是整個村子——白房頂啦，白樹木啦，雪堆啦，全看得見。

e）較長的主語中間、謂語中間或賓語中間。

示例 6：母親沉痛的訴說，以及親眼看到的事實，都啟發了我幼年時期追求真理的思想。

示例 7：那姑娘頭戴一頂草帽，身穿一條綠色的裙子，腰間還繫着一根橙色的腰帶。

示例 8：必須懂得，對於文化傳統，既不能不分青紅皂白統統拋棄，也不能不管精華糟粕全盤繼承。

f）前置的謂語之後或後置的狀語、定語之前。

示例 9：真美啊，這條蜿蜒的林間小路。

示例 10：她吃力地站了起來，慢慢地。

示例 11：我只是一個人，孤孤單單的。

4.4.3.3 用於下列各種停頓處：

a）複指成分或插說成分前後。

示例 1：老張，就是原來的辦公室主任，上星期已經調走了。

示例 2：車，不用說，當然是頭等。

b）語氣緩和的感嘆語、稱謂語或呼喚語之後。

示例 3：哎喲，這兒，快給我揉揉。

示例 4：大娘，您到哪兒去啊？

示例 5：喂，你是哪個單位的？

c）某些序次語（"第"字頭、"其"字頭及"首先"類序次語）之後。

示例 6：為什麼許多人都有長不大的感覺呢？原因有三：第一，父母總認為自己比孩子成熟；第二，父母總要以自己的標準來衡量孩子；第三，父母出於愛心而總不想讓孩子在成長的過程中走彎路。

示例 7：《玄秘塔碑》所以成為書法的範本，不外乎以下幾方面的因素：其一，具有楷書點畫、構體的典範性；其二，承上啟下，成為唐楷的極致；其三，字如其人，愛人及字，柳公權高尚的書品、人品為後人所崇仰。

示例 8：下面從三個方面講講語言的污染問題：首先，是特殊語言環境中的語言污染問題；其次，是濫用縮略語引起的語言污染問題；再次，是空話和廢話引起的語言污染問題。

4.5 頓號

4.5.1 定義

句內點號的一種，表示語段中並列詞語之間或某些序次語之後的停頓。

4.5.2 形式

頓號的形式是 " 、 " 。

4.5.3 基本用法

4.5.3.1 用於並列詞語之間。

示例 1：這裡有自由、民主、平等、開放的風氣和氛圍。

示例 2：造型科學、技藝精湛、氣韻生動，是盛唐石雕的特色。

4.5.3.2 用於需要停頓的重複詞語之間。

示例：他幾次三番、幾次三番地辯解着。

4.5.3.3 用於某些序次語（不帶括號的漢字數位或 "天干地支" 類序次語）之後。

示例 1：我準備講兩個問題：一、邏輯學是什麼？二、怎樣學好邏輯學？

示例 2：風格的具體內容主要有以下四點：甲、題材；乙、用字；丙、表達；丁、色彩。

4.5.3.4 相鄰或相近兩數字連用表示概數通常不用頓號。若相鄰兩數字連用為縮略形式，宜用頓號。

示例 1：飛機在 6000 米高空水平飛行時，只能看到兩側八九公里和前方一二十公里範圍內的地面。

示例 2：這種兇猛的動物常常三五成群地外出覓食和活動。

示例 3：農業是國民經濟的基礎，也是二、三產業的基礎。

4.5.3.5 標有引號的並列成分之間、標有書名號的並列成分之間通常不用頓號。若有其他成分插在並列的引號之間或並列的書名號之間（如引語或書名號之後還有括注），宜用頓號。

示例 1："日" "月" 構成 "明" 字。

示例 2：店裡掛着 "顧客就是上帝" "品質就是生命" 等橫幅。

示例 3：《紅樓夢》《三國演義》《西遊記》《水滸傳》，是中國長篇小說的四大名著。

示例 4：李白的“白髮三千丈”（《秋浦歌》）、“朝如青絲暮成雪”
（《將進酒》）都是膾炙人口的詩句。

示例 5：辦公室裡訂有《人民日報》（海外版）、《光明日報》和《時
代週刊》等報刊。

4.6 分號

4.6.1 定義

句內點號的一種，表示複句內部並列關係分句之間的停頓，以
及非並列關係的多重複句中第一層分句之間的停頓。

4.6.2 形式

分號的形式是“；”。

4.6.3 基本用法

4.6.3.1 表示複句內部並列關係的分句（尤其當分句內部還有逗號時）之間的
停頓。

示例 1：語言文字的學習，就理解方面說，是得到一種知識；就運用
方面說，是養成一種習慣。

示例 2：內容有分量，儘管文章短小，也是有分量的；內容沒有分量，
即使寫得再長也沒有用。

4.6.3.2 表示非並列關係的多重複句中第一層分句（主要是選擇、轉折等關
係）之間的停頓。

示例 1：人還沒看見，已經先聽見歌聲了；或者人已經轉過山頭望不
見了，歌聲還餘音裊裊。

示例 2：儘管人民革命的力量在開始時總是弱小的，所以總是受壓的；
但是由於革命的力量代表歷史發展的方向，因此本質上又是不可戰
勝的。

示例 3：不管一個人如何偉大，也總是生活在一定的環境和條件下；
因此，個人的見解總難免帶有某種局限性。

示例4：昨天夜裡下了一場雨，以為可以涼快些；誰知沒有涼快下來，反而更熱了。

4.6.3.3 用於分項列舉的各項之間。

示例：特聘教授的崗位職責為：一、講授本學科的主幹基礎課程；二、主持本學科的重大科研項目；三、領導本學科的學術隊伍建設；四、帶領本學科趕超或保持世界先進水平。

4.7 冒號

4.7.1 定義

句內點號的一種，表示語段中提示下文或總結上文的停頓。

4.7.2 形式

冒號的形式是"："。

4.7.3 基本用法

4.7.3.1 用於總說性或提示性詞語（如"說""例如""證明"等）之後，表示提示下文。

示例1：北京紫禁城有四座城門：午門、神武門、東華門和西華門。

示例2：她高興地說："咱們去好好慶祝一下吧！"

示例3：小王笑着點了點頭："我就是這麼想的。"

示例4：這一事實證明：人能創造環境，環境同樣也能創造人。

4.7.3.2 表示總結上文。

示例：張華上了大學，李萍進了技校，我當了工人：我們都有美好的前途。

4.7.3.3 用在需要說明的詞語之後，表示注釋和說明。

示例1：（本市將舉辦首屆大型書市。）主辦單位：市文化局；承辦單位：市圖書進出口公司；時間：8月15日－20日；地點：市體育館觀眾休息廳。

示例2：（做閱讀理解題有兩個辦法。）辦法之一：先讀題幹，再讀原文，帶着問題有針對性地讀課文。辦法之二：直接讀原文，讀完再做題，減少先入為主的干擾。

4.7.3.4 用於書信、講話稿中稱謂語或稱呼語之後。

  示例 1：廣平先生：……

  示例 2：同志們、朋友們：……

4.7.3.5 一個句子內部一般不應套用冒號。在列舉式或條文式表述中，如不得不套用冒號時，宜另起段落來顯示各個層次。

  示例：第十條　遺產按照下列順序繼承：

    第一順序：配偶、子女、父母。

    第二順序：兄弟姐妹、祖父母、外祖父母。

4.8 引號

4.8.1 定義

標號的一種，標示語段中直接引用的內容或需要特別指出的成分。

4.8.2 形式

引號的形式有雙引號＂＂和單引號＇＇兩種。左側的為前引號，右側的為後引號。

4.8.3 基本用法

4.8.3.1 標示語段中直接引用的內容。

  示例：李白詩中就有＂白髮三千丈＂這樣極盡誇張的語句。

4.8.3.2 標示需要着重論述或強調的內容。

  示例：這裡所謂的＂文＂，並不是指文字，而是指文采。

4.8.3.3 標示語段中具有特殊含義而需要特別指出的成分，如別稱、簡稱、反語等。

  示例 1：電視被稱作＂第九藝術＂。

  示例 2：人類學上常把古人化石統稱為尼安德特人，簡稱＂尼人＂。

  示例 3：有幾個＂慈祥＂的老闆把撿來的菜葉用鹽浸浸就算作工友的菜餚。

4.8.3.4 當引號中還需要使用引號時，外面一層用雙引號，裡面一層用單引號。

示例：他問："老師，'七月流火'是什麼意思？"

4.8.3.5 獨立成段的引文如果只有一段，段首和段尾都用引號；不止一段時，
每段開頭僅用前引號，只在最後一段末尾用後引號。

示例：我曾在報紙上看到有人這樣談幸福：

"幸福是知道自己喜歡什麼和不喜歡什麼。……

"幸福是知道自己擅長什麼和不擅長什麼。……

"幸福是在正確的時間做了正確的選擇。……"

4.8.3.6 在書寫帶月、日的事件、節日或其他特定意義的短語（含簡稱）時，
通常只標引其中的月和日；需要突出和強調該事件或節日本身時，也
可連同事件或節日一起標引。

示例1："5·12"汶川大地震

示例2："五四"以來的話劇，是中國戲劇中的新形式。

示例3：紀念"五四運動"90周年

4.9 括號

4.9.1 定義

標號的一種，標示語段中的注釋內容、補充說明或其他特定意
義的語句。

4.9.2 形式

括號的主要形式是圓括號"（ ）"，其他形式還有方括號"[ ]"、
六角括號"〔 〕"和方頭括號"【 】"等。

4.9.3 基本用法

4.9.3.1 標示下列各種情況，均用圓括號：

a）標示注釋內容或補充說明。

示例1：我校擁有特級教師（含已退休的）17人。

示例2：我們不但善於破壞一個舊世界，我們還將善於建設一個新世
界！（熱烈鼓掌）

b）標示訂正或補加的文字。

示例 3：信紙上用稚嫩的字體寫着："阿夷（姨），你好！"。

示例 4：該建築公司負責的建設工程全部達到優良工程（的標準）。

c）標示序次語。

示例 5：語言有三個要素：（1）聲音；（2）結構；（3）意義。

示例 6：思想有三個條件：（一）事理；（二）心理；（三）倫理。

d）標示引語的出處。

示例 7：他說得好："未畫之前，不立一格；既畫之後，不留一格。"（《板橋集·題畫》）

e）標示漢語拼音注音。

示例 8："的（de）"這個字在現代漢語中最常用。

4.9.3.2 標示作者國籍或所屬朝代時，可用方括號或六角括號。

示例 1：［英］赫胥黎《進化論與倫理學》

示例 2：〔唐〕杜甫著

4.9.3.3 報刊標示電訊、報導的開頭，可用方頭括號。

示例：【新華社南京消息】

4.9.3.4 標示公文發文字號中的發文年份時，可用六角括號。

示例：國發〔2011〕3 號文件

4.9.3.5 標示被注釋的詞語時，可用六角括號或方頭括號。

示例 1：〔奇觀〕奇偉的景象。

示例 2：【愛因斯坦】物理學家。生於德國，1933 年因受納粹政權迫害，移居美國。

4.9.3.6 除科技書刊中的數學、邏輯公式外，所有括號（特別是同一形式的括號）應儘量避免套用。必須套用括號時，宜採用不同的括號形式配合使用。

示例：〔茸（róng）毛〕很細很細的毛。

4.10 破折號

4.10.1 定義

標號的一種，標示語段中某些成分的注釋、補充說明或語音、意義的變化。

4.10.2 形式

破折號的形式是 "——"。

4.10.3 基本用法

4.10.3.1 標示注釋內容或補充說明（也可用括號，見 4.9.3.1）。

示例 1：一個矮小而結實的日本中年人——內山老闆走了過來。

示例 2：我一直堅持讀書，想借此喚起弟妹對生活的希望——無論環境多麼困難。

4.10.3.2 標示插入語（也可用逗號，見 4.4.3.3）。

示例：這簡直就是——說得不客氣點——無恥的勾當！

4.10.3.3 標示總結上文或提示下文（也可用冒號，見 4.7.3.1、4.7.3.2）。

示例 1：堅強，純潔，嚴於律己，客觀公正——這一切都難得地集中在一個人身上。

示例 2：畫家開始娓娓道來——

　　　　　數年前的一個寒冬，……

4.10.3.4 標示話題的轉換。

示例："好香的乾菜，——聽到風聲了嗎？"趙七爺低聲說道。

4.10.3.5 標示聲音的延長。

示例："嘎——"傳過來一聲水禽被驚動的鳴叫。

4.10.3.6 標示話語的中斷或間隔。

示例 1："班長他犧——"小馬話沒說完就大哭起來。

示例 2："親愛的媽媽，你不知道我多愛您。——還有你，我的孩子！"

4.10.3.7 標示引出對話。

示例：——你長大後想成為科學家嗎？

　　　　——當然想了！

4.10.3.8 標示事項列舉分承。

示例：根據研究對象的不同，環境物理學分為以下五個分支學科：

　　　　——環境聲學；

　　　　——環境光學；

　　　　　　——環境熱學；

　　　　　　——環境電磁學；

　　　　　　——環境空氣動力學。

4.10.3.9 用於副標題之前。

　　　示例：飛向太平洋

　　　　　　——中國新型號運載火箭發射目擊記

4.10.3.10 用於引文、注文後，標示作者、出處或注釋者。

　　　示例1：先天下之憂而憂，後天下之樂而樂。

　　　　　　　　　　　　　　　　　　　　　　　——范仲淹

　　　示例2：樂浪海中有倭人，分為百餘國。

　　　　　　　　　　　　　　　　　　　　　　　——《漢書》

　　　示例3：很多人寫好信後把信箋摺成方勝形，我看大可不必。（方勝，指古代婦女戴的方形首飾，用彩綢等製作，由兩個斜方部分疊合而成。——編者注）

4.11 省略號

4.11.1 定義

　　標號的一種，標示語段中某些內容的省略及意義的斷續等。

4.11.2 形式

　　省略號的形式是"……"。

4.11.3 基本用法

4.11.3.1 標示引文的省略。

　　　示例：我們齊聲朗誦起來："……俱往矣，數風流人物，還看今朝。"

4.11.3.2 標示列舉或重複詞語的省略。

　　　示例1：對政治的敏感，對生活的敏感，對性格的敏感，……這都是作家必須要有的素質。

　　　示例2：他氣得連聲說："好，好……算我沒說。"

4.11.3.3 標示語意未盡。

示例 1：在人跡罕至的深山密林裡，假如突然看見一縷炊煙，……

示例 2：你這樣幹，未免太……！

4.11.3.4 標示說話時斷斷續續。

示例：她磕磕巴巴地說："可是……太太……我不知道……你一定是認錯了。"

4.11.3.5 標示對話中的沉默不語。

示例："還沒結婚吧？"

"……" 他飛紅了臉，更加忸怩起來。

4.11.3.6 標示特定的成分虛缺。

示例：只要……就……

4.11.3.7 在標示詩行、段落的省略時，可連用兩個省略號（即相當於十二連點）。

示例 1：從隔壁房間傳來緩緩而抑揚頓挫的吟咏聲——

床前明月光，疑是地上霜。

…… ……

示例 2：該刊根據工作品質、上稿數量、參與程度等方面的表現，評選出了高校十佳記者站。還根據發稿數量、提供新聞線索情況以及對刊物的關注度等，評選出了十佳通訊員。

…… ……

4.12 着重號

4.12.1 定義

標號的一種，標示語段中某些重要的或需要指明的文字。

4.12.2 形式

着重號的形式是 "．" 標注在相應文字的下方。

4.12.3 基本用法

4.12.3.1 標示語段中重要的文字。

示例 1：詩人需要表現，而不是證明。

示例 2：下面對本文的理解，不正確的一項是：……

4.12.3.2 標示語段中需要指明的文字。

示例：下邊加點的字，除了在詞中的讀法外，還有哪些讀法？

着急　子彈　強調

4.13 連接號

4.13.1 定義

標號的一種，標示某些相關聯成分之間的連接。

4.13.2 形式

連接號的形式有短橫線 "–"、一字線 "—" 和浪紋線 "～"
三種。

4.13.3 基本用法

4.13.3.1 標示下列各種情況，均用短橫線：

a）化合物的名稱或表格、插圖的編號。

示例 1：3 - 戊酮為無色液體，對眼及皮膚有強烈刺激性。

示例 2：參見下頁表 2-8、表 2-9。

b）連接號碼，包括門牌號碼、電話號碼，以及用阿拉伯數字表示年
月日等。

示例 3：安寧里東路 26 號院 3-2-11 室

示例 4：聯繫電話：010-88842603

示例 5：2011-02-15

c）在複合名詞中起連接作用。

示例 6：吐魯番—哈密盆地

d）某些產品的名稱和型號。

示例 7：WZ-10 直升機具有複雜天氣和夜間作戰的能力。

e）漢語拼音、外來語內部的分合。

示例 8：shuōshuō–xiàoxiào（說說笑笑）

示例 9：盎格魯—撒克遜人

示例 10：讓－雅克·盧梭（"讓－雅克" 為雙名）

示例 11：皮埃爾・孟戴斯－弗朗斯（"孟戴斯－弗朗斯"為複姓）

4.13.3.2 標示下列各種情況，一般用一字線，有時也可用浪紋線：

　　a）標示相關項目（如時間、地域等）的起止。

　　示例 1：沈括（1031—1095），宋朝人。

　　示例 2：2011 年 2 月 3 日—10 日

　　示例 3：北京—上海特別旅客快車

　　b）標示數值範圍（由阿拉伯數字或漢字數字構成）的起止。

　　示例 4：25 ～ 30 g

　　示例 5：第五～八課

4.14 間隔號

4.14.1 定義

　　標號的一種，標示某些相關聯成分之間的分界。

4.14.2 形式

　　間隔號的形式是"・"。

4.14.3 基本用法

4.14.3.1 標示外國人名或少數民族人名內部的分界。

　　示例 1：克里絲蒂娜・羅塞蒂

　　示例 2：阿依古麗・買買提

4.14.3.2 標示書名與篇（章、卷）名之間的分界。

　　示例：《淮南子・本經訓》

4.14.3.3 標示詞牌、曲牌、詩體名等和題名之間的分界。

　　示例 1：《沁園春・雪》

　　示例 2：《天淨沙・秋思》

　　示例 3：《七律・冬雲》

4.14.3.4 用在構成標題或欄目名稱的並列詞語之間。

　　示例：《天・地・人》

4.14.3.5 以月、日為標誌的事件或節日，用漢字數字表示時，只在一、十一和十二月後用間隔號；當直接用阿拉伯數字表示時，月、日之間均用間隔號（半角字符）。

示例1："九一八"事變 "五四"運動

示例2："一‧二八"事變 "一二‧九"運動

示例3："3‧15"消費者權益日 "9‧11"恐怖襲擊事件

4.15 書名號

4.15.1 定義

標號的一種，標示語段中出現的各種作品的名稱。

4.15.2 形式

書名號的形式有雙書名號"《 》"和單書名號"〈 〉"兩種。

4.15.3 基本用法

4.15.3.1 標示書名、卷名、篇名、刊物名、報紙名、文件名等。

示例1：《紅樓夢》（書名）

示例2：《史記‧項羽本紀》（卷名）

示例3：《論雷峰塔的倒掉》（篇名）

示例4：《每週關注》（刊物名）

示例5：《人民日報》（報紙名）

示例6：《全國農村工作會議紀要》（文件名）

4.15.3.2 標示電影、電視、音樂、詩歌、雕塑等各類用文字、聲音、圖像等表現的作品的名稱。

示例1：《漁光曲》（電影名）

示例2：《追夢錄》（電視劇名）

示例3：《勿忘我》（歌曲名）

示例4：《沁園春‧雪》（詩詞名）

示例5：《東方欲曉》（雕塑名）

示例6：《光與影》（電視節目名）

示例7：《社會廣角鏡》（欄目名）

示例 8：《莊子研究文獻數據庫》（光碟名）

示例 9：《植物生理學系列掛圖》（圖片名）

4.15.3.3 標示全中文或中文在名稱中佔主導地位的軟件名。

示例：科研人員正在研製《電腦衛士》殺毒軟件。

4.15.3.4 標示作品名的簡稱。

示例：我讀了《念青唐古拉山脈紀行》一文（以下簡稱《念》），
收穫很大。

4.15.3.5 當書名號中還需要書名號時，裡面一層用單書名號，外面一層用雙
書名號。

示例：《教育部關於提請審議〈高等教育自學考試試行辦法〉的報告》

4.16 專名號

4.16.1 定義

標號的一種，標示古籍和某些文史類著作中出現的特定類專
有名詞。

4.16.2 形式

專名號的形式是一條直線，標注在相應文字的下方。

4.16.3 基本用法

4.16.3.1 標示古籍、古籍引文或某些文史類著作中出現的專有名詞，主要包
括人名、地名、國名、民族名、朝代名、年號、宗教名、官署名、
組織名等。

示例 1：孫堅人馬被劉表率軍圍得水泄不通。（人名）

示例 2：於是聚集冀、青、幽、并四州兵馬七十多萬準備決一死戰。
（地名）

示例 3：當時烏孫及西域各國都向漢派遣了使節。（國名、朝代名）

示例 4：從咸寧二年到太康十年，匈奴、鮮卑、烏桓等族人徙居塞內。
（年號、民族名）

4.16.3.2 現代漢語文本中的上述專有名詞，以及古籍和現代文本中的單位

名、官職名、事件名、會議名、書名等不應使用專名號。必須使用標號標示時，宜使用其他相應標號（如引號、書名號等）。

4.17 分隔號

4.17.1 定義

標號的一種，標示詩行、節拍及某些相關文字的分隔。

4.17.2 形式

分隔號的形式是 "/"。

4.17.3 基本用法

4.17.3.1 詩歌接排時分隔詩行（也可使用逗號和分號，見 4.4.3.1/4.6.3.1）。

示例：春眠不覺曉 / 處處聞啼鳥 / 夜來風雨聲 / 花落知多少。

4.17.3.2 標示詩文中的音節節拍。

示例：橫眉 / 冷對 / 千夫指，俯首 / 甘為 / 孺子牛。

4.17.3.3 分隔供選擇或可轉換的兩項，表示 "或"。

示例：動詞短語中除了作為主體成分的述語動詞之外，還包括述語動詞所帶的賓語和 / 或補語。

4.17.3.4 分隔組成一對的兩項，表示 "和"。

示例 1：13/14 次特別快車

示例 2：羽毛球女雙決賽中國組合杜婧 / 于洋兩局完勝韓國名將李孝貞 / 李敬元。

4.17.3.5 分隔層級或類別。

示例：中國的行政區劃分為：省（直轄市、自治區）/ 省轄市（地級市）/ 縣（縣級市、區、自治州）/ 鄉（鎮）/ 村（居委會）。

5 標點符號的位置和書寫形式

5.1 橫排文稿標點符號的位置和書寫形式

5.1.1 句號、逗號、頓號、分號、冒號均置於相應文字之後，佔一個字位置，居左下，不出現在一行之首。

5.1.2 問號、嘆號均置於相應文字之後，佔一個字位置，居左，不出現在一行之首。兩個問號（或嘆號）疊用時，佔一個字位置；三個問號（或嘆號）疊用時，佔兩個字位置；問號和嘆號連用時，佔一個字位置。

5.1.3 引號、括號、書名號中的兩部分標在相應項目的兩端，各佔一個字位置。其中前一半不出現在一行之末，後一半不出現在一行之首。

5.1.4 破折號標在相應項目之間，佔兩個字位置，上下居中，不能中間斷開分處上行之末和下行之首。

5.1.5 省略號佔兩個字位置，兩個省略號連用時佔四個字位置並須單獨佔一行。省略號不能中間斷開分處上行之末和下行之首。

5.1.6 連接號中的短橫線比漢字 “一” 略短，佔半個字位置；一字線比漢字 “一” 略長，佔一個字位置；浪紋線佔一個字位置。連接號上下居中，不出現在一行之首。

5.1.7 間隔號標在需要隔開的項目之間，佔半個字位置，上下居中，不出現在一行之首。

5.1.8 着重號和專名號標在相應文字的下邊。

5.1.9 分隔號佔半個字位置，不出現在一行之首或一行之末。

5.1.10 標點符號排在一行末尾時，若為全角字符則應佔半角字符的寬度（即半個字位置），以使視覺效果更美觀。

5.1.11 在實際編輯出版工作中，為排版美觀、方便閱讀等需要，或為避免某一小節最後一個漢字轉行或出現在另外一頁開頭等情況（浪費版面及視覺效果差），可適當壓縮標點符號所佔用的空間。

5.2 豎排文稿標點符號的位置和書寫形式

5.2.1 句號、問號、嘆號、逗號、頓號、分號和冒號均置於相應文字
之下偏右。

5.2.2 破折號、省略號、連接號、間隔號和分隔號置於相應文字之下
居中，上下方向排列。

5.2.3 引號改用雙引號 " ﹁ " " ﹂ " 和單引號 " ﹁ " " ﹂ "，括號
改用 " ︵ " " ︶ "，標在相應項目的上下。

5.2.4 豎排文稿中使用浪線式書名號 " ︷ "，標在相應文字的左側。

5.2.5 着重號標在相應文字的右側，專名號標在相應文字的左側。

5.2.6 橫排文稿中關於某些標點不能居行首或行末的要求，同樣適用
於豎排文稿。

附錄二
中華人民共和國國家通用語言文字法

（2000 年 10 月 31 日第九屆全國人民代表大會常務委員會第十八次會議通過）

第一章　總則

　　第一條　為推動國家通用語言文字的規範化、標準化及其健康發展，使國家通用語言文字在社會生活中更好地發揮作用，促進各民族、各地區經濟文化交流，根據憲法，制定本法。

　　第二條　本法所稱的國家通用語言文字是普通話和規範漢字。

　　第三條　國家推廣普通話，推行規範漢字。

　　第四條　公民有學習和使用國家通用語言文字的權利。

　　國家為公民學習和使用國家通用語言文字提供條件。

　　地方各級人民政府及其有關部門應當採取措施，推廣普通話和推行規範漢字。

　　第五條　國家通用語言文字的使用應當有利於維護國家主權和民族尊嚴，有利於國家統一和民族團結，有利於社會主義物質文明建設和精神文明建設。

　　第六條　國家頒佈國家通用語言文字的規範和標準，管理國家通用語言文字的社會應用，支持國家通用語言文字的教學和科學研究，促進國家通用語言文字的規範、豐富和發展。

　　第七條　國家獎勵為國家通用語言文字事業做出突出貢獻的組織和個人。

　　第八條　各民族都有使用和發展自己的語言文字的自由。

　　少數民族語言文字的使用依據憲法、民族區域自治法及其他法律的有關規定。

第二章　國家通用語言文字的使用

第九條　國家機關以普通話和規範漢字為公務用語用字。法律另有規定的除外。

第十條　學校及其他教育機構以普通話和規範漢字為基本的教育教學用語用字。法律另有規定的除外。

學校及其他教育機構通過漢語文課程教授普通話和規範漢字。使用的漢語文教材，應當符合國家通用語言文字的規範和標準。

第十一條　漢語文出版物應當符合國家通用語言文字的規範和標準。

漢語文出版物中需要使用外國語言文字的，應當用國家通用語言文字作必要的注釋。

第十二條　廣播電台、電視台以普通話為基本的播音用語。

需要使用外國語言為播音用語的，須經國務院廣播電視部門批准。

第十三條　公共服務行業以規範漢字為基本的服務用字。因公共服務需要，招牌、廣告、告示、標誌牌等使用外國文字並同時使用中文的，應當使用規範漢字。

提倡公共服務行業以普通話為服務用語。

第十四條　下列情形，應當以國家通用語言文字為基本的用語用字：

（一）廣播、電影、電視用語用字；

（二）公共場所的設施用字；

（三）招牌、廣告用字；

（四）企業事業組織名稱；

（五）在境內銷售的商品的包裝、說明。

第十五條　信息處理和信息技術產品中使用的國家通用語言文字應當符合國家的規範和標準。

第十六條　本章有關規定中，有下列情形的，可以使用方言：

（一）國家機關的工作人員執行公務時確需使用的；

（二）經國務院廣播電視部門或省級廣播電視部門批准的播音用語；

（三）戲曲、影視等藝術形式中需要使用的；

（四）出版、教學、研究中確需使用的。

第十七條　本章有關規定中，有下列情形的，可以保留或使用繁體字、異體字：

（一）文物古跡；

（二）姓氏中的異體字；

（三）書法、篆刻等藝術作品；

（四）題詞和招牌的手書字；

（五）出版、教學、研究中需要使用的；

（六）經國務院有關部門批准的特殊情況。

第十八條　國家通用語言文字以《漢語拼音方案》作為拼寫和注音工具。

《漢語拼音方案》是中國人名、地名和中文文獻羅馬字母拼寫法的統一規範，並用於漢字不便或不能使用的領域。

初等教育應當進行漢語拼音教學。

第十九條　凡以普通話作為工作語言的崗位，其工作人員應當具備說普通話的能力。

以普通話作為工作語言的播音員、節目主持人和影視話劇演員、教師、國家機關工作人員的普通話水平，應當分別達到國家規定的等級標準；對尚未達到國家規定的普通話等級標準的，分別情況進行培訓。

第二十條　對外漢語教學應當教授普通話和規範漢字。

第三章　管理和監督

第二十一條　國家通用語言文字工作由國務院語言文字工作部門負責規劃指導、管理監督。

國務院有關部門管理本系統的國家通用語言文字的使用。

第二十二條　地方語言文字工作部門和其他有關部門，管理和監督本行政區域內的國家通用語言文字的使用。

第二十三條　縣級以上各級人民政府工商行政管理部門依法對企業名稱、商品名稱以及廣告的用語用字進行管理和監督。

第二十四條　國務院語言文字工作部門頒佈普通話水平測試等級標準。

第二十五條　外國人名、地名等專有名詞和科學技術術語譯成國家通用語言文字，由國務院語言文字工作部門或者其他有關部門組織審定。

第二十六條　違反本法第二章有關規定，不按照國家通用語言文字的規範和標準使用語言文字的，公民可以提出批評和建議。

本法第十九條第二款規定的人員用語違反本法第二章有關規定的，有關單位應當對直接責任人員進行批評教育；拒不改正的，由有關單位作出處理。

城市公共場所的設施和招牌、廣告用字違反本法第二章有關規定的，由有關行政管理部門責令改正；拒不改正的，予以警告，並督促其限期改正。

第二十七條　違反本法規定，干涉他人學習和使用國家通用語言文字的，由有關行政管理部門責令限期改正，並予以警告。

第四章　附則

第二十八條　本法自 2001 年 1 月 1 日起施行。

音序索引

（說明：術語按音序排列，"上"指本套教材上冊，"下"指教材下冊。）

筆畫索引

（說明：術語按筆畫數排列，“上”指本套教材上冊，“下”指教材下冊。）

後記

　　我與"現代漢語"有緣。1951年於中山大學研究生畢業留校任教，王力、岑麒祥兩位老師就分配我參加新課程"現代漢語"的教學工作。回憶我1946年在全國唯一的語言學系——中山大學語言學系讀書，當時就沒聽說過哪個學校有"現代漢語"這門課，圖書館裡也找不到這樣名稱的教材或講義。當時向蘇聯學習，向"現代俄語"課程學習，一邊上課，一邊在系主任兼語法教研組組長王力先生的指導下，參加編寫了第一部《現代漢語》講義。至今六十餘年，我的研究精力大都花在"現代漢語"課程和教材的建設上。

　　1954年我到北京大學中文系工作之後，王力先生安排我教漢語專業"現代漢語"課。他叫我把在中山大學跟幾位老師合編的《現代漢語》講義整理油印出來，之後給教育部拿去交流。後來，教育部指定北京大學、中山大學和山東大學三所大學制訂全國高校"現代漢語"教學大綱，我有幸參加了周祖謨先生主持的這一教學大綱的討論會。1958年調到蘭州大學工作，我又帶領部分師生根據這個大綱編出《現代漢語》講義。到了中國改革開放開始時，我參加全國高校"現代漢語"協作教材會議，我和廖序東被推舉為"現代漢語"教材（第一方案）的正副主編，主持編出《現代漢語》統編教材（後稱"黃廖本"），也大體根據這個大綱。1979年出版，至今修訂了九次，發行量達500多萬部，三十多年來"黃廖本"長盛不衰，出乎我的意料！

　　有了"黃廖本"教材，為什麼還要再編這部新編的《現代漢語》呢？首先是由於我對現有教材的質和量仍未滿足，希望在新編的教材裡，打破三十多年前舊框架的限制，試着實現我的教材改革的理想，其次是為了應中山大學中文系和北京大學出版社的誠邀，報答母校的培育之恩。以前主編的《現代漢語》教材以培養中文本科專業或語言研究者為主要目標，着重於語言學意義上的知識傳授。現在教育形勢發生變化，大學本科培養"通才"而非"專才"，因而教材編寫的思路必須轉變。"現代漢語"課不僅要解釋漢語，更應該是進行母語教育。對於我這把年紀來說，要實現新教材的編寫設想而找個好班子，的確不是一件很容易的事。所幸的是有以母校的編寫團隊為骨幹的編寫班子能很快組成，大家統一認識，形成合力，斯抵於成。在觀點方面，他們貫徹我編教材的新主張，也提出不少跟"黃廖本"不同的新設想，我採用了不少。

　　可能有人問："你推介《現代漢語》新編本，是不是不要舊本了？"

　　我說不是的。打個比方吧，有個老人有兩個兒子，長子年過而立，已經聞名全國，且獨佔鰲頭。幼子新生，也像長子幼年一樣，需要多關照、呵護，也希望他長大以後像其兄長一樣，為國家作出更大的貢獻，甚至超過兄長，後來居上，也是常情。

　　經過兩年多的努力，現在教材定稿出來了，這是一個新生事物，新生事物是否受歡迎需要由讀者來評價，這要靠市場來檢驗。新編本《現代漢語》是否很理想呢？我個人認為，她是很不錯的，不過也還有改進的空間，比如"課程延伸內容"，延伸內容的量應該有多少，什麼樣的內容放在這裡才合適，都有待教學實踐的檢驗，然後不斷地完善。

黃伯榮

2012 年 2 月